Buchbeschreibung:

Was macht man, wenn man Braut für Braut in Stoff gehüllte Träume wahr werden lässt und niemals selbst ein Brautkleid trägt? Wenn man den engsten Freundinnen zu Hochzeiten mit ihren Traummännern verhilft und das eigene Eheglück in den Sternen steht?

Ich weiß nicht, was man dann normalerweise macht. Aber ich weiß, dass man nicht ausflippen und ein Brautkleid stehlen sollte, wie ich es getan habe.

Warum ich das getan habe, ist einfach: Fragt meinen Mitbewohner!

Teil 3 der dreiteiligen Reihe

Über die Autorin:

Kölnerin aus ganzem Herzen, die ihrem Traum gefolgt ist, Bücher nicht nur für sich zu schreiben, sondern auch für andere zu veröffentlichen.

Annabell Schilling

Frag mich doch endlich

Liebesroman

Impressum

Kein Bezug zu lebenden oder bereits verstorbenen Personen.

Bibliografische Information der Deutschen Nationalbibliothek:
Die Deutsche Nationalbibliothek verzeichnet diese Publikation in der Deutschen Nationalbibliografie; detaillierte bibliografische Daten sind im Internet über http://dnb.dnb.de abrufbar.

© 2023 Annabell Schilling
        Nachtigallenstr. 30, 51147 Köln
        www.annabell-schilling.de

Cover: pexels.com

Herstellung und Verlag:
BoD – Books on Demand, Norderstedt
ISBN: 9783750402775

Sei mutig.

Prolog

10. April 2019

Ich habe mich selbst nie für einen missgünstigen oder sonderlich unvernünftigen Menschen gehalten. Oder für jemanden, der unter übersteigerter Eifersucht leidet.

Allerdings zeugt mein heutiges Verhalten vom absoluten Gegenteil.

Ich bin ein schrecklicher Mensch, anders ist nicht zu erklären, warum ich einer zukünftigen Braut ihren Hochzeitstag ruiniere, indem ich ihr zuerst das Kleid stahl und die Nähte zum Reißen brachte. Nur, um es schließlich mit Johannisbeersaft zu übergießen. Der Saft mag ein Unfall gewesen sein, aber weder der Raub, noch die geplatzten Nähte waren es, schließlich wusste ich, dass das Kleid zwei Nummern zu klein für mich war.

Aber vielleicht sollte ich von vorn beginnen.

Mein Tag startete wie jeder andere Mittwoch. Mir war nicht danach, das Bett zu verlassen. Ich war müde, weil ich am Abend zuvor zu lang im Restaurant meiner Tante gewesen war, um ihr mit dem Nachtisch für die nächsten Tage zu helfen. Dazu fühlte ich noch jeden Muskel einzeln, da meine Freundinnen mich seit Monaten zwangen, jeden Dienstag mit ihnen laufen zu gehen. Ich hatte mich immer noch nicht daran gewöhnt, der Muskelkater hatte mich weiter jedes Mal fest im Griff.

Und dann war da noch die Tatsache, dass ich wie ein Burrito in meine Decke eingerollt war und Sascha auf dem Ende lag, das lose unter mir herausschaute.

Aus Erfahrung kann ich sagen: Es ist unmöglich, sich aus dieser Rolle zu befreien.

Sascha zu wecken war in etwa so erfolgreich, wie den Mount Everest ohne jegliches Training an einem einzigen Tag erklimmen zu wollen. Einfach nicht machbar. Dieser Mann schlief wie ein Stein und hielt mich dabei entweder fest umklammert, oder aber er lag auf meiner Decke, damit ich mich nicht befreien konnte.

Also kam ich nicht pünktlich aus dem Bett.

Damit war die ganze Morgenplanung dahin. Als ich es endlich schaffte, das Bett zu verlassen, hätte ich schon längst bei der Arbeit sein müssen.

Schließlich traf ich mit nur halbstündiger Verspätung im Brautladen meines Onkels ein und wurde von einer Wolke schlechter Laune empfangen, was ungewöhnlich war.

Wenn es eines gab, das man mit absoluter Sicherheit über Onkel Yasin sagen konnte, dann, dass er immer gute Laune hatte. Wirklich immer. Den Großteil meiner Kindheit und Jugend hatte ich in seiner Obhut verbracht und ich konnte an einer Hand abzählen, wie oft er nicht guter Laune gewesen war.

Ich verschwand in unserer kleinen Teeküche, machte uns beiden jeweils eine Tasse Jasmintee und wagte mich langsam nach vorn in den Verkaufsraum, um herauszufinden, ob ich der Auslöser für die schlechte Stimmung war.

„Hier, Onkel Yasin, dein Tee. Was ist passiert?"

„Deine Cousine wird heute herkommen, sie braucht ein Brautkleid."

Man sollte meinen, dass Onkel Yasin sich freute. Unsere Familie war nicht sonderlich groß und meine Cousine – die einzige, die ich hatte – war eine wunderbare Frau. Ruhig, ausgeglichen, immer freundlich. Zumindest hatte ich sie nie anders erlebt.

„Und warum hast du dann schlechte Laune?", tastete ich mich vor.

„Weil sie ein ganz bestimmtes Kleid

angefragt hat. Und das ist nicht für sie bestimmt."

Onkel Yasin war der festen Überzeugung, dass es für jede Frau genau ein Kleid gab – und dieses Kleid auch nur für diese eine Frau. Daher führten wir fast ausschließlich Einzelstücke, oder aber schlichte Modelle, die Onkel Yasin höchstpersönlich für jede Braut ausarbeitete und so zu absoluten Unikaten machte.

„Warum ist das schlimm?", fragte ich, immer noch nicht verstehend, wo das Problem war.

„Sie will dieses Kleid."

Als mein Blick seinem Fingerzeig folgte, zuckte ich zusammen. Er zeigte auf *meinen* Traum, ein Kleid aus marokkanischer Seide, mit einem engen Oberteil, verziert in mühevoller Handarbeit mit handgefertigter Spitze und winzigen Akzenten aus einzeln aufgenähten Strass-Steinen.

Ich liebte dieses Kleid, ich würde es heiraten, wenn ich könnte. Richtig, ich würde nicht einfach *in* diesem Kleid heiraten, ich würde es selbst ehelichen. Da es jedoch in Deutschland im Gegensatz zu Japan nicht möglich ist, Gegenstände zu heiraten, wünschte ich es mir sehnlichst für meinen großen Tag.

Es war einfach das perfekte Kleid. Das eine Mal, dass ich es gewagt hatte, dieses Kleid anzuprobieren, fühlte ich mich darin wie eine Prinzessin, wie die schönste Braut der Welt.

Nur, dass ich dieses Kleid niemals würde tragen können. Es war für eine Frau geschaffen worden, die größer war als ich mit meinen 157 Zentimetern und dabei schmalere Hüften hatte. Mein gemeinhin als „gebärfreudig" bezeichnetes Becken war nichts, wofür ich mich schämte. Im Gegenteil, ich liebte meinen Körper so, wie er war. Aber er passte einfach nicht in dieses Kleid, so gern ich mir das auch wünschte. Da half es auch nicht, dass ich ansonsten schlank war und damit gesegnet, kaum zuzunehmen.

Also sagte ich mir immer wieder, dass ich bereit war, das Kleid ziehen zu lassen. Bereit dazu, es einer Frau zu überlassen, der es wie auf den Leib geschneidert war. Einer Frau, die das Kleid zu schätzen wusste.

Einer Frau wie meiner Cousine, der ich wenige Stunden später in das Kleid half und die von allen bestaunt wurde.

Es saß wie angegossen. Als hätte Onkel Yasin ihre Maße genommen und es extra für sie in Auftrag gegeben.

Alle waren begeistert. Selbst mein Onkel konnte sich nach vielen kritischen Minuten, ein bisschen Geruckel hier und einem Ziehen da nicht von einem Lächeln abhalten. Er sah, was alle sahen: Das Kleid hatte seine Braut gewählt.

Es gab nur ein Problem: Ich konnte es nicht ertragen.

Ich hatte das Gefühl, mir von Außen dabei zuzusehen, wie ich meiner Cousine aus dem Kleid half, es in seiner schützenden Hülle verstaute, sie und ihr Brautgefolge verabschiedete und schließlich meinem Onkel sagte, ich würde mich nicht gut fühlen und ihn fragte, ob ich gehen dürfe.

Ich sah mich selbst, wie ich ihm zum Abschied umarmte, nach hinten in die Schneiderei ging, mir meine Handtasche und Jacke nahm, mich von unserer Schneiderin verabschiedete und schlussendlich nach der Hülle griff, in der mein Traum sicher aufbewahrt wurde.

Zu Hause suchte ich meine beste Unterwäsche heraus, Dinge, die es wert waren, unter diesem Kleid getragen zu werden. Ich nahm den Traum aus marokkanischer Seide aus der Hülle, stieg vorsichtig hinein, und begann zu weinen, als ich weder den Reißverschluss an der

Seite schließen konnte, geschweige denn die Knöpfe am Rücken.

Noch weinend machte ich mir eine Schorle mit Johannisbeersaft, versuchte, mein Schluchzen zu unterdrücken, und scheiterte kläglich, als ich sah, wie zwei Spritzer Saft auf die Seide tropften.

Ich wollte es nur retten, wirklich. Und auch wenn ich tief in mir wusste, dass das Kleid nicht mehr zu retten war, ließ ich dennoch Wasser in die Badewanne laufen, gab aus Gewohnheit mein liebstes Badeöl hinein, holte mir eine Packung Chips sowie meine Schorle, und setzte mich voll bekleidet in das lauwarme Wasser.

Mir fehlte jedes Zeitgefühl, ich wusste nicht, wie viel Zeit verging, bis Sascha nach Hause kam und mich immer noch in der Wanne sitzend fand.

„Hey", die Wärme in seiner Stimme hüllte mich ein wie eine Decke und trös-tete mich für einen kurzen Moment. „Was ist passiert?"

Ich konnte ihn nicht ansehen, nicht ein-mal, als er mir über die Wange strich und mit seinen Fingern an meinem Kinn meinen Blick auf sich lenkte. Ich schüt-telte stumm den Kopf und begann wieder zu weinen. Noch mehr, als er aufstand und sich umdrehte. Ich dachte, er wollte mich verlassen, wie dieses Kleid mich hatte verlassen wollen. Doch wenige Augenblicke später war er zurück, wischte mir mit einem warmen Waschlappen vorsichtig über das Gesicht.

„Ich weiß nicht, ob wir die Flecken aus dem Kleid bekommen", flüsterte er so leise, dass ich ihn über meinen Schluckauf kaum verstand. „Aber erstmal sollten wir dich aus der Wanne holen und aufwärmen."

Und so ließ er das Wasser ab, schälte mir das Kleid vom Körper, machte keinen Kommentar zu meiner Unterwäsche und gab auch sonst keinen Laut von sich, blieb völlig stumm. Er wickelte mich in ein dickes, flauschiges Handtuch, hob mich hoch und setzte sich mit mir im Arm auf die Couch im Wohnzimmer.

„Sag mir, was passiert ist", bat er leise und dann sprudelten die Worte nur so aus mir heraus.

„Sie wollte mir mein Kleid wegnehmen. Das ist mein Kleid, es hat schon immer zu mir gehört. Ich habe es zuerst gesehen und sie darf es mir nicht einfach wegnehmen. Ich kann das nicht zulassen. Es ist mein Kleid, es hätte mein Kleid sein sollen bei meiner Hochzeit!"

Er erwiderte nichts, hielt mich nur fest

im Arm und wiegte mich leicht hin und her, als versuchte er, mich zu beruhigen.

Aber der Schmerz in mir ließ sich nicht besänftigen.

Und plötzlich wusste ich, was ich tun musste. Was ich schon längst hätte tun sollen.

Es konnte so nicht weitergehen.

„Sascha?"

„Ja, Mäuselchen?"

„Ich liebe dich, aber ich kann das mit uns nicht mehr. Ich will die Scheidung."

Ich konnte an meiner Schulter spüren, wie sein Herzschlag aussetzte. Ich zählte die Sekunden, bis er schließlich tief Luft holte und mein Herz ein zweites Mal an diesem Tag brechen ließ. Genauso, wie ich seines brechen fühlte, als er endlich antwortete.

„Okay."

Kapitel 1

Weihnachten 2014

Weihnachten ist meine liebste Jahreszeit. Ich weiß, dass es sich dabei streng genommen nur um zwei Feiertage handelt, doch die ganze Vorweihnachtszeit ist das, wofür ich brenne.

Ich liebe Weihnachtslieder, lebe für den Geruch von frischgebackenen Weihnachtsplätzchen, von Zimt, Nüssen und heißen Maronen auf dem Weihnachtsmarkt. Ich liebe die Beleuchtung, die Atmosphäre, die Faszination, die ein geschmückter Tannenbaum auslöst.

Wenn wir mal ehrlich sind, ist eine Tanne nichts Besonderes, bis sie für die Feiertage herausgeputzt wird. Bis sie mit Kugeln, Lichtern, Gebäck und Lametta behangen ist und aussieht wie eine Braut an ihrem Hochzeitstag.

Dafür lebe ich.

Zu Hause haben wir kein Weihnachten gefeiert. Ich bin die meiste Zeit bei meinem Onkel und meiner Tante aufgewachsen, die beide aus der Türkei stammen. So integriert sie auch sind, wir feiern kein Weihnachten, sondern den Jahreswechsel. Den dafür ebenso mit einem geschmückten Baum, reichhaltigem Essen und vielen Geschenken. Aber es ist eben nicht Weihnachten.

Mein Cousin und ich haben daher schon in unserer Kindheit beschlossen, unsere eigene Weihnachtstradition zu gründen, um nicht von unseren Klassenkameraden ausgeschlossen zu werden.

Wir haben Weihnachten zu etwas Besonderem gemacht, ganz anders, als alle Anderen es verbracht haben.

Ich kaufe mir jedes Jahr für Weihnachten einen neuen Pyjama, der so gar nichts mit Weihnachten zu tun haben darf. Er muss lustig und fröhlich sein, dazu weich und warm, damit ich mich einkuscheln kann, wenn wir unserer Tradition frönen und Horrorfilme schauen.

Richtig, Horrorfilme.

Während alle in unserer Klasse nach den Ferien erzählen konnten, wie sie die Weihnachtstage erst zu Hause, dann bei der einen und schließlich der anderen Verwandtschaft verbracht haben, um danach auch noch Silvester mit den Nachbarn zu feiern, konnten wir nur vom Jahreswechsel berichten. Bis wir aus Versehen den ersten Horrorfilm sahen (man sollte meinen Onkel nicht allein in eine Videothek schicken kurz vor Weihnachten, wenn die Regale leer sind) und davon berichteten.

Wir waren die Helden unserer Klasse und das hat den Grundstein gelegt.

Kein Jahr haben wir ausgesetzt, zumindest bisher nicht. Dieses Jahr wird das erste, in dem ich Weihnachten ohne ihn bin. Mein Cousin feiert mit seiner Verlobten, die für Horrorfilme nichts übrig hat und noch dazu Weihnachten ganz traditionell feiert, wenn man davon absieht, dass sie bereits Mitte Oktober die erste Winterdekoration in ihrer gemeinsamen Wohnung verteilt hat.

Meine Mitbewohnerin verbringt die Feiertage bei ihrer Familie, auf sie kann ich ebenfalls nicht zählen. Sie ist nicht einmal hier, um sich mit mir durch die Menschenmassen zu kämpfen in der Innenstadt. Es ist, als hätten alle vergessen, dass in den nächsten Tagen Weihnachten ist und sie noch Einkäufe zu erledigen haben. Gut, ich sollte mich nicht beschweren, immerhin ziehe ich ebenfalls gerade durch die Kaufhäuser, um einen Pyjama mit Enten zu finden, was gar nicht so leicht ist.

Wo auch immer ich war, ich habe nur weihnachtliche oder unifarbene Modelle gefunden. Nicht einmal in den Kinderabteilungen bin ich fündig geworden.

Ich habe sogar einen Abstecher in die Stoffabteilung gewagt, in der Hoffnung, dort etwas zu finden, damit ich meinen Onkel bitten kann, mir noch schnell ein Nachthemd zu nähen, weil dies schneller geht als ein Pyjama. Aber selbst da: Nichts, was auch nur annähernd etwas mit lustigen, kleinen, gelben Quietsche-enten zu tun hätte.

Mir wird wohl nichts anderes übrig bleiben, als einen alten Pyjama ein zweites Mal zu tragen. Das ist auf jeden Fall sinnvoller, als mich weiter zerquetschen zu lassen und dennoch keinen Erfolg zu haben.

Kaum habe ich diese Entscheidung getroffen und will mich gerade dem Ausgang zuwenden, da stoße ich mit jemandem zusammen. Die Entschuldigung liegt mir bereits auf der Zunge, als ich meinen Blick hebe und mich ein strahlendes Lächeln alle Worte vergessen lässt.

„Darf ich dich auf einen Kaffee einladen?", fragt mich eine ruhige, männliche Stimme.

„Wie bitte?"

„Du trinkst doch Kaffee, oder? Ich sehe dich seit einer halben Stunde verzweifelt durch den Laden rennen und dachte mir, ich muss jetzt endlich den Mut finden, dich anzusprechen, bevor du für immer aus meinem Leben verschwindest."

Diese völlig überzogene Theatralik lässt mich lachen und für einen Moment vergessen, dass ich eine Frau mit einer Mission bin.

„Warum nicht?", stimme ich ihm schließlich zu und stelle mich vor. „Ich bin Laura. Wo wollen wir hin?"

„Ich bin René." Er lässt wieder das strahlende Lächeln aufblitzen, das mich erneut einen Moment aus dem Konzept bringt. „Und ich weiß den perfekten Ort."

Und so einfach habe ich jemanden gefunden, der Weihnachten mit mir verbringt. Wenn auch ohne neuen Pyjama.

Kapitel 2

02. Juli 2016

„Ich brauche deine Hilfe."

Neugierig drehe ich mich zu meiner Kollegin und Freundin Mona um.

„Wobei kann ich helfen?"

Sie sieht sich zwischen all den Ständern voller Brautkleider um und wirkt verloren, was ungewöhnlich ist. Mona gehört zu den Menschen, die immer so aussehen, als hätten sie alles im Griff.

Wir arbeiten beide in einem großen Hamburger Kaufhaus. Ich betreue unsere Kundinnen bei der Auswahl des richtigen Brautkleides, Mona ist für Make-up und Styling zuständig. Zusammen sind wir das perfekte Team für jede Braut, die es sich nicht leisten kann, in ein Brautmodengeschäft zu gehen, wie mein Onkel eines betreibt. Wer hier einkauft, kauft Massenware. Das hält jedoch weder Mona, noch mich davon ab, dafür zu sorgen, dass jede Frau das Beste aus dem hoffentlich schönsten Tag in ihrem Leben macht.

„Also?", frage ich sie nochmal, nachdem sie mir noch nicht geantwortet hat.

„Ich brauche ein Brautkleid."

Sie schüttelt nachdrücklich den Kopf,

als ich sie verwundert ansehe.

„Nicht für mich, für meine Freundin Ella. Das Problem ist nur, dass sie nichts davon wissen darf. Also ihre Mutter und ich organisieren die Hochzeit mehr oder weniger heimlich, damit Ella nicht plötzlich das Land verlässt. Wobei ich mir einen anderen Ehemann für sie wünsche, aber daran arbeiten Bobby und ich noch. Also?"

„Okay, und wie soll ich dabei helfen?" Ich mag ihr mit einem Kleid helfen können, allerdings wird das ohne Braut schwer. Was an dem Bräutigam verkehrt ist, interessiert mich mehr als die Braut selbst, aber damit kommen wir nicht weiter. Und ich fürchte, es würde mich nur noch mehr verwirren.

„Ich bin hier mit ihr verabredet, wir werden neue Sommersachen für sie shoppen. Können wir nicht ein Zeichen verabreden und du steckst sie in eins der Brautkleider? Dir fällt doch bestimmt etwas ein, warum du unbedingt ihre Hilfe brauchst, oder? Sie ist klein und schlank, ich bin sicher, dass sie die perfekte Anziehpuppe wäre."

Ihr Blick nimmt einen beinah verzweifelten Ausdruck an und ich fühle mich mit der Aufgabe überfordert, will sie aber auch nicht hängen lassen.

„Die Idee mit der Puppe ist gar nicht mal so schlecht", sage ich schließlich. „Lass mich mal machen. Hast du ein Bild von ihr? Dann suche ich schonmal was raus, das sie dann anprobieren kann."

„Du bist ein Schatz!" Mona umarmt mich fest und ich muss lachen.

„Hoffen wir, dass es funktioniert", murmele ich gegen ihre Schulter, denn sie ist um einiges größer als ich.

„Wird schon. Ich bin sicher, er würde sie auch in einem Bademantel heiraten." Im nächsten Augenblick runzelt sie die Stirn. „Zumindest hoffe ich es."

Als mein Handy ein paar Stunden später piept, ist das mein Zeichen. Ich kann Mona von meinem Standpunkt aus sehen und Ella erkenne ich von den Bildern wieder.

„Oh, es ist perfekt, dass ihr beide hier seid. Ich brauche eure Hilfe. Wir haben neue Brautkleider reinbekommen und ich bin mir absolut unsicher, welche ich auf die Puppen packen soll. Könnt ihr mir bei der Entscheidung helfen?", begrüße ich die beiden.

Ella wirkt im ersten Moment total verschreckt und als würde sie darüber nachdenken, den Laden direkt wieder zu verlassen, aber ich setze mein bestes Lächeln auf und schaue sie mit großen, runden Augen an. Mit genau dem Blick, bei dem mein Onkel nie nein sagen kann, also muss es auch bei ihr wirken. Hoffe ich.

Und tatsächlich, nach wenigen Sekunden gibt sie nach, verschwindet in der Umkleide, um mir und Mona wieder in ihre Sachen gehüllt in meine Abteilung zu folgen.

Ich lotse sie ohne Umschweife zu den Umkleiden und drücke ihr das erste Kleid in die Hand, das ich für sie ausgesucht habe.

„Sag, wenn du Hilfe brauchst." Im nächsten Moment schlage ich mir mit der flachen Hand vor die Stirn. „Tut mir leid, vielleicht sollte ich mich erstmal richtig vorstellen. Ich bin Laura und betreue hier die Brautmoden."

Mona lacht. „Ja, so kenn ich dich, direkt loslegen, obwohl du noch völlig unbekannt bist."

„Tut mir leid." Ich bin wirklich zerknirscht. Es ist typisch für mich, aber damit kommt eben nicht jeder klar. Und vorstellen hätte ich mich wenigstens können, so viel Zeit sollte sein.

„Ich bin Ella", unterbricht sie schließlich meine Gedanken und streckt mir ihre Hand entgegen. „Und ich hätte nie gedacht, dass ich jemals ein Brautkleid tragen würde."

„Na ja, noch trägst du es nicht", stelle ich richtig und sie lacht wieder. „Ich kann dir helfen, dafür bin ich da. Es ist so großartig, dass du mir bei der Auswahl hilfst."

Bevor ich mich noch verplappere, denn auch dazu neige ich, schiebe ich sie in die Umkleide und mich gleich hinterher, um ihr hineinzuhelfen. Nicht, dass sie es sich noch anders überlegt.

Das Kleid ist perfekt, anders kann man es nicht sagen. Auch Ella hat einen verträumten Blick, als sie sich vor dem Spiegel nach rechts und links dreht.

„Nur schade, dass ich nicht heirate."

Das Kleid ist wie für sie gemacht, obwohl der Rock etwas zu lang ist und die Taille ein paar Zentimeter zu tief sitzt.

Allerdings muss sie für die Änderungen in eine Schneiderei gehen, das können wir hier nicht machen. Und ich frage mich, wie Mona das hinbekommen will, ohne Ella einzuweihen.

Ich wende mich den Kleidern auf dem Ständer zu, will nach einem anderen Modell greifen, als Mona mich anstupst und den Kopf schüttelt.

„Wir sind fertig, danke", flüstert sie mir ins Ohr und wendet sich wieder ihrer Freundin zu, zupft noch ein wenig an dem Kleid, bis es perfekt sitzt.

Irgendwann entschwindet Ella zurück in die Umkleide und ich helfe ihr aus dem Kleid, bevor ich sie allein lasse, damit sie sich in Ruhe wieder anziehen kann.

„Hey, ich habe gleich Feierabend", sage ich, als Ella aus der Umkleide kommt, und nehme ihr das Kleid ab, hänge es auf den Ständer mit den Reservierungen. Als ich sehe, dass Mona ein zweites Kleid dazuhängt, lenke ich Ella weiter ab. „Wie wäre es, wenn wir drei Grazien etwas essen gehen?"

Die Zeit verfliegt beim Essen nur so, wir kommen von einem Thema zum anderen und landen dann doch wieder bei Ella und ihrer Hochzeit, von der sie nichts weiß. Ich sehe ihr an, dass sie immer wieder an das Kleid denkt. Den Blick erkenne ich überall, ich habe genug Bräute gesehen, die kaum gewillt waren, ihr Kleid zu verlassen, nachdem sie es gefunden hatten.

Ella geht es nicht anders, auch wenn sie steif und fest behauptet, dass keine Hochzeit ansteht. Das verwirrt mich ein wenig, sprach Mona doch davon, dass sehr wohl eine Hochzeit geplant ist, aber mit dem falschen Bräutigam.

Zu schade, dass ich weder sie noch Mona einfach direkt fragen kann. Ich hoffe, dass Mona mir in den nächsten Tagen erzählt, was das alles zu bedeuten hat.

Wir sind uns einig, dass Dating gar nicht so einfach ist, die Menschen dort draußen sind seltsam geworden. Ich kann nur zustimmen, auch wenn ich seit bald zwei Jahren glücklich mit René zusammen bin. Aber ich musste es nicht einmal online versuchen, ist er mir doch beim Einkaufen vor die Füße gelaufen. Das Glück hat nicht jeder.

Als Ella schließlich vorschlägt, dass Mona Bobby um ein Date bittet, werde ich neugierig. Den Namen habe ich von Mona noch nie gehört und wir erzählen uns ziemlich viel.

„Bobby ist in Mona verschossen und Mona in Bobby. Die beiden sehen sich mindestens jeden Donnerstag, wenn wir ins *Viper* gehen und keiner von beiden hat andere Verabredungen. Sie sehen sich bei jedem unserer Treffen und schleichen umeinander herum. Bobby versucht, sie mit fadenscheinigen Bitten öfter zu sehen. Wie zum Beispiel, wenn er dreimal pro Woche in unserer Nachrichtengruppe fragt, ob sie ihm Spülmittel für die Bar mitbringen kann", führt Ella es für mich aus und mein Herz schlägt einen kleinen Salto. Das ist wirklich romantisch, ich wünschte, mein Freund würde sich so etwas einfallen lassen. Aber leider passt das so gar nicht zu René.

Um von sich abzulenken, bringt Mona die Sprache schließlich auf mich und meine Beziehung. Immerhin habe ich halbwegs Neuigkeiten zu berichten.

„Alles beim Alten. Wobei René und ich darüber gesprochen haben, dass er zu mir zieht, wenn meine Mitbewohnerin in ein paar Wochen auszieht. Allein kann ich mir die Miete nicht leisten und wir sind ja schon so lang zusammen. Es ist Zeit für den nächsten Schritt."

So selbstsicher ich hier auch klinge, so unsicher bin ich doch innerlich.

Ja, wir haben darüber gesprochen, allerdings war René nicht sonderlich überzeugt von der Idee, geschweige denn, dass er sich gefreut hätte. Er wurde auf einmal sehr schweigsam und hat sich die nächsten Tage in seiner Arbeit vergraben.

Er ist im Außendienst für einen Autozulieferer tätig, was ihn immer wieder dazu zwingt, auf Geschäftsreise zu gehen. In der

Zeit sehen wir uns gar nicht und auch der Kontakt über Telefon ist dann nur sehr eingeschränkt, was ich unglaublich schade finde.

Ich bin keine Klette, aber ich mag es, in Kontakt zu sein mit den Menschen, die mir wichtig sind. Und das bedeutet für mich eben mehr als nur eine kurze Nachricht alle paar Tage, um mitzuteilen, wann man wieder in der Nähe ist.

So oft ich das schon angesprochen und mir von René gewünscht habe, so oft hat er mich abblitzen lassen und nur gesagt, er sei so nicht, ich würde mich schon daran gewöhnen.

Ich bin damit nicht glücklich, aber ich kann es leider nicht ändern.

Ella scheint zu spüren, dass meine Gedanken in traurige Gefilde abdriften, denn sie lädt mich gemeinsam mit Mona dazu ein, ihnen donnerstags bei ihrem Mädelsabend im *Viper* Gesellschaft zu leisten.

Vielleicht ist es das, was ich brauche, um mich aus dem Loch zu holen, das meine Beziehung langsam aber sicher in mein Herz reißt.

Kapitel 3

08. Dezember 2016

Die Veränderung ist schleichend, kaum wahrzunehmen und doch tiefgreifender, als ich mir vorstellen konnte.

Mona, meine enge Freundin und Kollegin, vertraut mir nicht mehr.

Jedes Mal, wenn ich mit Alex – von allen nur Bobby genannt – spreche, merke ich, wie sich unsere Beziehung weiter abkühlt. Auch heute ist es wieder so.

Wir sind im *Viper*, unserer Stammkneipe, und Mona und Ella sitzen hinten an „unserem" Tisch, während ich vorn an der Theke auf Alex warte. Alex ist Anwalt und hilft mir dabei, das Chaos aufzuräumen, das René mir mit meinem Vermieter eingebrockt hat.

Anstatt seinen Mietanteil wie versprochen direkt an den Vermieter zu überweisen, hat er gar nicht gezahlt. Jetzt stehe ich mit einem Berg Mietschulden da und weiß nicht, was ich tun soll, wenn mein Vermieter mit der angebotenen Ratenzahlung nicht einverstanden ist.

Denn René hat klar gemacht, dass er das Geld nicht in einer Summe zahlen kann. Nicht einmal an den Raten will er sich beteiligen, weil ich mich angeblich nicht klar genug ausgedrückt habe, als es damals um die Miete ging. Davon weiß Alex allerdings nichts, und ich hoffe, dass er es nie herausfindet.

„Hast du eine Antwort bekommen?", frage ich ihn und habe gleichzeitig Angst vor der Antwort.

„Ja, er hat sich gemeldet", antwortet Alex schließlich. „Er ist mit den Raten einverstanden, sofern du die erste jetzt zahlst und alle weiteren mit der jeweiligen Miete. Und er will die schriftliche Versicherung eines Bürgen, dass dieser für dich einspringt, wenn du nicht zahlungsfähig sein solltest."

„Oh." Mehr bekomme ich nicht heraus. Das ist eine Katastrophe. Kleiner zwar, als wenn ich ausziehen müsste, denn der Wohnungsmarkt in Hamburg ist grauenhaft, aber immer noch eine Katastrophe. Wenn ich einen Bürgen brauche, muss ich jemanden einweihen. Und außer Alex weiß niemand, mit welchen Problemen ich in den letzten Wochen zu kämpfen hatte.

„Ist das ein Problem?", fragt er mich und ich sehe ihn wieder an. Er hat die Stirn gerunzelt und einen Blick aufgesetzt, der mir sagt, dass ich in größeren Schwierigkeiten stecke als gedacht.

„Ähm", beginne ich, da unterbricht er mich schon.

„Ich habe mir die Freiheit erlaubt, für dich zu bürgen. Ich bin davon ausgegangen, dass du damit kein Problem hast."

Er hat *was* getan? Vor Schock klappt mir der Unterkiefer herunter und ich bin sprachlos, weiß nicht, was ich antworten soll.

„Atmen nicht vergessen", zieht er mich auf und grinst. Mit Tränen in den Augen falle ich ihm um den Hals und bedanke mich unzählige Male, drücke ihm einen Kuss auf die Wange.

„Dafür werde ich dir dein Leben lang jeden türkischen Nachtisch backen, den du haben möchtest, versprochen. Du weißt nicht, wie sehr du mir gerade den Hintern gerettet hast."

„Meinst du das Ernst?", fragt er.

„Sowas von!"

„Weib, ich glaub', ich liebe dich!", antwortet er und ich kann nicht anders, als zu lachen. Ich bin so unglaublich erleichtert. Ich muss mein Geheimnis nicht mit einer weiteren Person teilen. Alles wird wieder gut.

Als er mich kurz drückt und mir einen Kuss auf die Stirn gibt, zerbricht meine Welt. Nicht wegen ihm, sondern weil ich höre, wie jemand hinter mir nach Luft schnappt und mir sicher bin, dass es Mona ist.

Erschrocken drehe ich mich zu ihr um, bin fest entschlossen, ihr alles zu erzählen, als sie auch schon aus dem Laden stürmt. Verdammt. Ich folge ihr, sehe noch, wie sie in ein Taxi steigt, und habe keine Chance mehr, ihr zu folgen. Also nehme ich mein Telefon in die Hand und wähle direkt ihren Kontakt, starte den Anruf.

Als ich nur die Mailbox erreiche, hinterlasse ich ihr eine Nachricht.

„Mona, bitte, es ist nicht so, wie es aussah. Alex hat sich bei mir bedankt, weil ich ihm jetzt immer Nachtisch machen werde. Weißt du, ich habe ziemlichen Ärger, bei dem er mir hilft, aber ich sollte dir das lieber persönlich erzählen, nicht am Telefon. Also bitte, melde dich bei mir, wenn du das abhörst. Egal um welche Uhrzeit. Bitte, Mona."

Schließlich lege ich mit dem Wissen auf, dass sie sich nicht melden wird. Mona ist zu tief verletzt und gehört zu den Menschen, die sich lieber in ihrem Schneckenhaus verkriechen, als es sofort und offen zu klären. Ich hoffe, wir bekommen das wieder hin.

„Hast du sie erreicht?", fragt Alex. Ich habe nicht bemerkt, dass er ebenfalls nach draußen gekommen ist, bin aber froh. Meine Wut findet so ein Ziel.

„Weißt du, ich bin dir dankbar für alles, was du für mich getan hast, und ich werde dir das nie vergelten können. Aber du bist ein verdammter Idiot, wenn du das mit Mona nicht endlich hinbekommst. Jeder kann sehen, dass zwischen euch weitaus mehr ist als Freundschaft, nur seid ihr beide zu verbohrt und zu feige, um endlich Nägel mit Köpfen zu machen. Sie ist eine tolle Frau, aber sie wird nicht ewig auf dich warten. Und sie ist viel zu eifersüchtig auf mich, um selbst den ersten Schritt zu machen. Außerdem sprechen wir hier von Mona, die in dem Punkt immer noch im Mittelalter lebt und darauf wartet, dass der Mann den ersten Schritt macht. Also mach es, verdammt nochmal!"

„Sie ist eifersüchtig auf dich? Warum?" Im matten Licht der Laternen neben der Tür wirkt sein Blick beinahe erschrocken.

„Weil sie glaubt, dass wir beide etwas miteinander haben. Gut, daran bin ich selbst schuld, ich habe schließlich niemandem erzählt, was gerade bei mir los ist. Und weil wir beide immer wieder nur zu zweit miteinander sprechen, hat sie das falsch verstanden."

„Du hast niemandem davon erzählt? Warum nicht?", fragt er kritisch. Als wäre das unser größtes Problem.

„Weil ich mich schäme, verdammt nochmal. Sie braucht nicht zu wissen, wie knapp ich davor war, auf der Straße zu landen. Ich will sie nicht belasten."

„Aber Freunde sind dafür da, sich gegenseitig aufzufangen", erinnert er mich.

„Ja, Herr Oberschlau", antworte ich giftig. „Dann tu uns allen einen Gefallen und fang Mona auf. Denn sie braucht das gerade am meisten."

Damit lasse ich ihn stehen und geselle mich zu Ella, auch wenn mir die Lust auf einen geselligen Abend vergangen ist.

Sie bestätigt meinen Verdacht.

Mona ist eifersüchtig, unternimmt aber nichts in der Richtung.

Verdammt, diese beiden Idioten werden es noch schaffen, alles in den Sand zu setzen, und dann bricht unsere Gruppe auseinander. Ich bin nicht bereit, sie wieder zu verlieren, wo ich doch so froh bin, sie gefunden zu haben.

Kapitel 4

Heute veranstalten wir unseren Mädelsabend bei Ella, nicht unten in der Bar. Mona hat darum gebeten, unter sechs Augen mit uns zu sprechen, und wir waren einverstanden. Auch wenn Mona und ich die Missverständnisse zwischen uns vor wenigen Tagen endlich klären konnten und ich ihr von dem Ärger mit meinem Vermieter erzählt habe, möchte ich ungern mit Alex in der Nähe mit ihr zusammensitzen. Ich befürchte, sie würde sonst wieder jede unserer Gesten und jedes Wort analysieren und das will ich nicht. Ich möchte einen entspannten Abend mit meinen Freundinnen verbringen, die letzten Wochen waren anstrengend genug.

Das Kaufhaus, in dem Mona und ich arbeiten, hat Insolvenz angemeldet und die meisten Mitarbeiter werden entlassen. Wir beide gehören mit zu den Ersten, die gehen müssen.

Ich habe Glück, ich werde im Brautladen bei meinem Onkel Yasin arbeiten. Er bekommt also endlich seinen Willen, wünscht er sich doch seit Jahren, dass ich für ihn arbeite. Aber wie es mit Mona weitergeht, weiß ich noch nicht.

„Ich gehe am Wochenende nach München", teilt sie uns nach einer Weile mit und erzählt uns von der tollen Chance, die sich für sie ergeben hat. Natürlich freuen Ella und ich uns für sie, aber ein fader Beigeschmack bleibt. Wird sie zurückkommen?

Als Ella schließlich fragt, wann Mona gedenkt, Alex von ihren Plänen zu erzählen, kann ich innerlich nur den Kopf schütteln. Sie überlegt wirklich, ihm gar nichts zu sagen, sich erst von München aus bei ihm zu melden. Doch als ich eine Weile darüber nachdenke, gefällt mir die Idee immer besser. Warum eigentlich nicht?

„Du schickst ihm einfach eine Ansichtskarte aus München", werfe ich lachend ein.

„Oder das. Das wäre lustig", stimmt Mona mir zu.

„Er wird sich direkt ins Auto setzen und dich zurückholen", sage ich ernst. „Ich weiß, dass du anders denkst. Dass du nicht siehst, was wir sehen. Aber der Kerl liebt dich. Wirklich. Er wird dich nicht einfach gehen lassen."

Ich sehe ihr an, dass sie mir nicht glaubt, dass sie weiter Zweifel hat. Und ich kann sie teilweise verstehen, schließlich hat er sie noch nie auf ein Date eingeladen oder zumindest gesagt, dass er sich mehr wünscht, als nur ein Freund zu sein. Wir anderen sehen es, aber sie nicht. Vielleicht sollte man die beiden zusammen in einen Raum sperren, bis sie sich zusammengerauft haben.

Oder wir sollten es wie bei Ella machen und eine heimliche Hochzeit organisieren. Der Gedanke gefällt mir noch besser.

Wir sitzen noch eine Weile quatschend zusammen, nippen an unseren Getränken, bevor Mona und ich nach unten gehen, um uns von den Männern zu verabschieden.

Ich überlege, mich noch kurz an die Theke zu setzen und mit Viper zu reden, aber da Mona dabei ist, sich von Alex zu verabschieden, folge ich lieber dem Geklapper in die Küche.

Normalerweise betreten die Kellnerinnen diesen Bereich nicht, daher bin ich neugierig, wer hier ist. An der Tür bleibe ich wie angewurzelt stehen. Nein, das ist keine der Kellnerinnen, das ist Sascha. Es ist das erste Mal, dass ich ihn treffe, seit er damals ins *Viper* kam und wir alle dem Irrglauben erlegen sind, Mona und er seien verheiratet.

„Hi. Was machst du hier?", frage ich, während ich ihn dabei beobachte, wie er

Orangen in Scheiben schneidet und in einen Kühlbehälter legt.

„Ich arbeite hier." Er dreht sich nicht einmal zu mir um.

„Viper hat dich eingestellt?", hake ich daher nach und betrete die Küche.

„Ja, woran hast du das erkannt?" Er schaut zu mir, zwinkert mir zu und ich spüre, wie ich rot werde. Wunderbar.

„Das Shirt hat dich verraten", antworte ich schließlich und stelle mich zu ihm. „Ich bin übrigens Laura."

„Ich weiß, Mona hat mir schon viel von dir erzählt."

„Oh." Ich zucke zusammen. Damit habe ich nicht gerechnet.

„Keine Sorge", beruhigt er mich und zwinkert mir erneut zu, „ich glaube nur die Hälfte von dem, was sie mir in ihrem Eifersuchtswahn erzählt. Ich weiß, dass sie zu Übertreibungen neigt. Übrigens weiß Viper das auch und war der Meinung, dass Alex und ich unsere grundlose Rivalität in den Griff bekommen müssen. Deswegen wurde ich zum Küchenjungen abkommandiert."

Ich grinse ihn an. „Also darfst du Teller waschen und sonst nichts?"

„Richtig, so eine Ausbildung zum Koch muss sich ja lohnen", stimmt er mir zu und wir beide lachen.

„Du scheinst nett zu sein." Ich merke selbst, wie erstaunt ich klinge.

„Ja, die Tattoos sind nur Tarnung." Er lacht und lässt mich so wissen, dass ich mich mit meiner Bemerkung nicht vollends in die Nesseln gesetzt habe. „Lass dich davon aber nicht täuschen, kleine Mädchen wie dich verspeise ich zum Frühstück."

„Ich habe einen Freund."

Innerlich schlage ich mir die Hand vor die Stirn. Wo kam das denn jetzt her? Wie alt bin ich, fünfzehn? Das kann doch nicht wahr sein!

„Das ist schön für deinen Freund."

Es kommt mir vor, als klinge seine Stimme dunkler als noch vor wenigen Augenblicken, aber bevor ich noch etwas sagen kann, betritt Alex laut fluchend die Küche.

„Was für ein beschissenes Chaos!"

Sascha und ich werfen uns einen Blick zu, und als hätten wir uns nicht eben erst kennen gelernt, antworten wir beide zeitgleich: „Sag ihr endlich, dass du verliebt in sie bist!"

Als Sascha mich angrinst, schlägt mein Herz schneller.

Das ist nur die Aufregung, rede ich mir

ein. Ganz sicher nur die Aufregung. Ich schaffe es nicht, meinen Blick von seinem zu lösen, bis Alex einen Stapel Kisten umwirft. Erst dann kann ich mich losreißen und wende mich von Sascha ab.

„Wie soll ich das denn machen, wenn sie das Land verlässt, verdammt nochmal?"

„Sie verlässt nicht das Land", erinnere ich Alex und sehe ihn mit zusammengekniffenen Augen an. „Sie geht nach München. Weißt du, wir haben hier in Hamburg einen Flughafen, der Inlandsflüge bis nach München anbietet. Und dann wäre da noch der Bahnhof, von dem aus Züge gehen. Rate mal wohin? Richtig, nach München. Oh, und falls du ein Auto hast, oder zumindest einen Führerschein und dir eines leihen kannst, bei einem Freund oder einer Vermietung: Es gibt hier sogar ausgebaute Straßen, die auf Autobahnen führen. Und die führen einen auch irgendwie nach München."

Sascha neben mir lacht leise, Alex hingegen starrt mich an, als würde er mir gleich den Hals umdrehen wollen.

„Ich kann dem vorlauten Mäuselchen hier nur zustimmen", wagt Sascha sich schließlich vor.

Alex reagiert nur, indem er die Küche fluchend wieder verlässt.

„Na das kann was werden", sagt Sascha

und ich sehe wieder zu ihm. Er grinst mich verschmitzt an und mein Herz legt wieder einen kleinen Extraspurt hin.

Alles nur die Aufregung wegen Alex und Mona. Nur die Aufregung, rede ich mir ein.

Kapitel 5

14. November 2017

Nein, es war nicht nur die Aufregung wegen Mona und Alex. Das wird mir in dem Moment klar, als ich mich frage, ob es mit Sascha auch so wäre wie gerade mit René.

Wir haben uns gestritten, wie so häufig in den letzten Monaten. Ich kann nicht einmal mehr sagen, worum es heute ging, aber irgendwann hat er wutentbrannt die Wohnung verlassen und gemeint, dass ich nicht auf ihn warten soll. Als wüsste ich nicht mittlerweile, dass er nach einem Streit erstmal für Stunden oder gar die ganze Nacht das Haus verlässt.

Ich weiß nicht, wohin er geht, und ich bin mir nicht sicher, ob ich es wissen will. Aber wenn er am nächsten oder übernächsten Tag wiederkommt, manchmal auch erst mehrere Tage später, tut er so, als sei nichts gewesen.

Und jetzt stehe ich hier, gefrustet, allein, in einer Wohnung, die ich mir trotz einem Mitbewohner gerade so leisten kann, und frage mich, ob das Zusammenleben mit einem anderen Mann genauso anstrengend wäre.

Es gibt nur einen wichtigen Unterschied zwischen René und Sascha: Mit dem einen führe ich eine Beziehung, mit dem anderen bin ich rein platonisch befreundet und habe nicht die Absicht, das zu ändern.

Dennoch denke ich darüber nach, ob Sascha genauso wäre. Würde er mich auch anschreien, wenn ich ein anderes Waschmittel benutze, ohne ihn vorher zu fragen, ob das okay ist? Oder wäre es ihm egal? Würde er einfach selbst einkaufen, wenn ihm ein bestimmtes Lebensmittel fehlt, oder würde er davon ausgehen, dass ich schon weiß, was er will und erwarten, dass ich es besorge?

Die Fragen treiben mich in den Wahnsinn, also beschließe ich, dass ich meine Zeit lieber mit Putzen und Aufräumen verbringen sollte, statt über Dinge nachzudenken, auf die ich keine Antwort erhalten werde.

Ich beginne in der Küche, schrubbe die Arbeitsflächen, bis sie aussehen wie neu, wische die Schränke und Schubladen aus, sortiere alles neu ein und frage mich, ob es René auffallen wird und er dann auch daran etwas auszusetzen hat.

Kopfschüttelnd mache ich mich auf den Weg in das Wohnzimmer und werfe beim

Gang durch den Flur seine Aktentasche um.

Das ist eines der Dinge, die ich unmöglich finde: Immer und überall lässt er sein Zeug stehen. Er war es, der darauf bestanden hat, dass wir aus dem zweiten Schlafzimmer ein Büro für ihn machen – das ich übrigens nicht betreten darf, Datenschutz und so – und dann hat er nicht einmal die Muße, sein Zeug auch in den Raum zu stellen.

Ich greife gerade nach der Tasche, um sie ebenso achtlos in sein Büro zu werfen, als ich das Blatt Papier bemerke, das halb herausgerutscht ist.

Ich weiß, dass ich es nicht tun sollte, aber ich kann nicht anders. Als ich oben „Gehaltsabrechnung" lese, ziehe ich den Zettel ganz aus der Tasche und werfe einen schnellen Blick zur Tür, um sicherzugehen, dass René nicht doch plötzlich in der Tür steht.

Es geht mich nichts an, was er verdient. Wir haben kein gemeinsames Konto, er überweist einen Teil der Miete direkt an den Vermieter und er legt manchmal etwas Geld in die Haushaltskasse in der Küche, damit ich einkaufen gehen kann. Er hat mir gesagt, dass er sehr wenig verdient, im Außendienst wird man eben nicht reich.

Ich habe keinen Grund, an ihm zu zweifeln und doch...

Und doch kann ich nicht anders, als die Abrechnung zu lesen und zu versuchen, zu verstehen, was ich da sehe.

Aber es ist nicht das Gehalt, das mir beinahe aggressiv entgegenspringt, weil es so viel höher ist, als ich erwartet habe. Nein, es ist eine andere Zahl. Ich kann kaum glauben, was dort steht, schwanke mit dem Papier durch die offene Schlafzimmertür neben mir und lasse mich auf die Bettkante sinken.

Das darf einfach nicht wahr sein.

Ich habe noch die leise Hoffnung, dass ich mich irre, dass ich irgendetwas durcheinanderbringe, und doch sagt mir eine innere Stimme, dass ich richtig liege.

In dem verzweifelten Versuch, noch etwas zu retten, suche ich mein Telefon und rufe die erste Nummer an, die mir einfällt: Ella. Wenn jemand mir helfen kann, dann sie. Ella arbeitet seit Jahren in einer Werbeagentur als Assistentin und ich weiß, dass sie manchmal auch bei den Gehaltsabrechnungen unterstützt.

„Hey Laura, was ist los?", begrüßt sie mich.

„Ella, was muss ich machen, um

Steuerklasse drei zu bekommen?"

Sie stutzt einen Moment und lacht dann. „Du musst heiraten, also so richtig im Standesamt, damit das Finanzamt auch anerkennt, dass du verheiratet bist. Und dann musst du einen Steuerklassenwechsel beantragen. Warum fragst du?"

„Ach nur so, ich habe beim Putzen nur zu viel nachgedacht", lüge ich und beende nach wenigen Minuten unser Gespräch.

Als ich auflege, sehe ich mir die Abrechnung noch einmal genauer an. Da steht es, schwarz auf weiß. Steuerklasse drei. Mein Freund ist also verheiratet. Und wenn ich das Feld Kinderfreibetrag richtig deute, hat er sogar Kinder.

Ich habe eine Beziehung mit einem verheirateten Mann. Mit einem Vater.

„Eine Affäre", korrigiere ich mich selbst. „Du hast keine Beziehung, du hast eine Affäre."

Als René am nächsten Morgen in die Wohnung zurückkehrt, stehe ich mit meinem Telefon in der Hand bereits im Flur.

„Du kannst direkt wieder gehen, du ziehst aus."

Er schaut mich ungläubig an und kommt einen weiteren Schritt in die Wohnung. Aber das kann und werde ich nicht zulassen.

„Ich habe die meisten deiner Sachen schon gepackt", sage ich mit fester Stimme und deute auf die beiden Taschen, die neben der Tür stehen. „Für den Rest können wir einen Termin ausmachen, wann du es abholst. Aber nicht jetzt. Jetzt will ich, dass du gehst. Wenn du nicht freiwillig gehst, werde ich die Polizei rufen."

„Laura, was soll der Scheiß?", keift er und streckt den Arm nach mir aus, was mich einen Schritt zurückweichen lässt.

„Ich scherze nicht." Um deutlich zu machen, wie ernst es mir wirklich ist, drehe ich das Handydisplay zu ihm, bis er sehen kann, dass ich die Nummer des Notrufes bereits eingetippt habe. Mein Daumen schwebt über dem grünen Hörer, ich bin jederzeit bereit, die Nummer zu wählen. „Geh freiwillig, sonst rufe ich erst die Polizei und dann deine Frau an. Ich bin sicher, wir hätten uns einiges zu erzählen."

Er reißt die Augen auf, wird blass und faucht mich an, dass ich nichts an seinen Sachen zu suchen hätte.

„Ich habe auch nichts gesucht, du hast die Tasche mit deiner Gehaltsabrechnung mitten in den Flur gestellt, statt sie in dein ach so geheimes Büro zu räumen, und ich bin mal wieder darüber gestolpert. Ich wollte sie sogar noch für dich wegräumen. Stattdessen habe ich so erfahren, dass du verheiratet bist und Kinder hast. Und jetzt erzähl mir nicht, du hättest dich getrennt, dann bekommt man wieder eine andere Steuerklasse. Also raus hier."

Beinahe ungläubig beobachte ich, wie er seine Taschen nimmt, mir noch einen bösen Blick zuwirft und die Wohnung verlässt, die jetzt wieder ganz allein mir gehört.

Erleichtert atme ich auf, ging es doch einfacher als gedacht. Ich erinnere mich daran, dass ich von innen abschließen und die Kette vorlegen muss, damit er keine Chance hat, wieder hereinzukommen, sollte er es sich anders überlegen. Ich bin mir nicht sicher, dass er diesmal nur schreien würde, wenn er ausrastet, und ich will mich in Sicherheit wissen.

Eine Weile stehe ich noch an der Tür, lausche in den Flur, kann aber nichts hören. Er scheint wirklich gegangen zu sein. Also entspanne ich mich ein wenig, mache mir einen Tee und rufe schließlich die Nummer an, die ich dank Google binnen weniger Sekunden gefunden habe.

„Notdienst Schlüssel, wie kann ich helfen?" Die Stimme klingt freundlich, ruhig. Genau das, was ich jetzt brauche.

„Ich habe gerade meinen Freund rausgeschmissen und brauche dringend jemanden, der mir ein neues Schloss einbaut, damit er nicht wieder reinkommt. Na ja, Exfreund wohl eher."

„Das kann ich machen", sagt er. „Aber Sie sollten die Polizei rufen, wenn er auch dort wohnt. Um sicherzugehen."

„Nein, ich bin Alleinmieter."

„Na dann sollte das kein Problem sein. Also, wie lang muss der Zylinder sein und wie viele Schlüssel brauchen Sie?"

„Keine Ahnung, wie finde ich das mit dem Zylinder raus?" Überfragt drehe ich mich zur Tür und überlege, ob ich mich wirklich trauen kann, sie wieder zu öffnen.

„Haben Sie ein Maßband oder Lineal? Halten Sie es vor die schmale Seite der Tür, wo Sie den Riegel sehen, der die Tür geschlossen hält. Schicken Sie mir davon ein Foto, dann bringe ich alles mit."

„Danke", bringe ich noch raus, bevor die ersten Tränen kommen. Ich nenne ihm meine Adresse, bestelle fünf Schlüssel und kann es kaum erwarten, bis er endlich hier ist.

„Sie heißen wirklich Schlüssel?", frage ich erstaunt, als er mir nach verrichteter Arbeit seine Rechnung in die Hand drückt und ich das Geld aus meiner Tasche hole, um ihn direkt zu bezahlen.

„Seit meiner Geburt", antwortet der Mann, der aussieht, als hätte er das Renteneintrittsalter schon vor Jahren erreicht. „Da blieb mir keine andere Wahl, als einen Schlüsseldienst aufzumachen, nicht wahr?"

Ich bin ihm dankbar, dass er versucht, mich aufzuheitern, schließlich bricht immer wieder leises Schluchzen aus mir hervor.

„Passen Sie auf sich auf", verabschiedet er sich, als das neue Schloss installiert ist, und ich kann endlich freier atmen, als ich hinter ihm abschließe.

Jetzt kann ich mir erlauben, wirklich zusammenzubrechen und um eine Lüge zu trauern.

Die Beziehung, die ich die letzten Jahre geführt habe, war eine Lüge. Der Mann, den ich die letzten Jahre liebte und von dem ich glaubte, dass er mich ebenfalls liebt, war ein Lügner sondergleichen.

Wie konnte ich nur so dumm sein und auf ihn hereinfallen? Wie?

Kapitel 6

07. Dezember 2017

Es ist ein Donnerstag wie jeder andere, versuche ich mir einzureden, während ich das *Viper* betrete. Dabei ist nichts normal, gar nichts.

Ich bin seit wenigen Wochen getrennt und weiß seit einer Woche, dass ich meine Wohnung nicht werde halten können. Allein kann ich sie mir beim besten Willen nicht leisten, also bin ich wieder an dem Punkt, an dem ich schon einmal wegen René war. Und ich bereue umso mehr, dass ich mich nicht bereits damals von ihm getrennt habe, um mir wieder eine Mitbewohnerin zu suchen, die sich verlässlich mit mir die Miete teilt.

Noch dazu will ich nicht ganz allein leben. Ich brauche nicht immer Menschen um mich herum, aber die letzten Wochen so ganz allein in meiner Wohnung waren beinahe gruselig, vor allem nachts.

Wäre Mona nicht in München, hätte ich ihr vielleicht vorgeschlagen, eine WG aufzumachen. So aber bin ich auf mich allein gestellt.

Und jetzt auch noch allein an der Theke, von Ella ist weit und breit nichts zu sehen.

„Hey, hab ich was verpasst?", frage ich Viper, als er zu mir kommt und mir einen Fruchtcocktail hinstellt. Ohne Alkohol, wie ich nach dem ersten Schluck bemerke.

„Einiges, aber erst will ich wissen, was du von dem Cocktail hältst. Ich will die alkoholfreie Karte ausweiten und brauche eine Testperson."

„Warum testet nicht Ella?"

Er stockt einen Moment in seinen sonst so flüssigen Bewegungen und sieht mich zögerlich an.

„Mir wird im Moment von so ziemlich jedem Geruch schlecht", höre ich dann Ella, die wie aus dem Nichts neben mir auftaucht und sich auf einen der Hocker schwingt. Was ziemlich lustig aussieht, angesichts der Tatsache, dass sie nur wenige Zentimeter größer ist als ich und mehr klettern muss, als dass sie sich einfach auf den hohen Barstuhl setzen kann. „Das wird noch eine Weile so bleiben, aber bis dahin trinke ich nur Wasser. Und das muss nicht extra auf die Karte."

Als ich bemerke, wie aufmerksam Viper sie mustert, schaue ich Ella ebenfalls genauer an. Sie sieht müde aus, was vielleicht nur daran liegt, dass sie gestern in

München bei Mona waren. Oder aber da ist mehr im Busch.

„Also, was habe ich verpasst?", frage ich schließlich. „Wie war es in München? Und warum siehst du aus, als hättest du seit drei Tagen nicht mehr geschlafen?"

„Ich bin schwanger", antwortet Ella nach einem Moment und ich will sie umarmen, falle dabei beinahe von meinem Hocker.

„Das ist fantastisch, Gratulation! Wann ist es so weit, wisst ihr schon, was es wird? Wollt ihr überhaupt wissen, was es wird? Hast du mit vielen Symptomen zu kämpfen?"

Ella lacht und bringt mich dann nach und nach auf den neuesten Stand, immer unter den wachsamen Augen von Viper.

Irgendwann wechseln die Themen und als es ruhiger in der Bar wird, gesellen sich Alex und Sascha zu uns, und ich wage schließlich einen Vorstoß, ich habe schließlich nichts zu verlieren.

„Kennt ihr jemanden, der gerade eine Wohnung sucht und bereit ist, in eine WG zu ziehen? Bad, Küche und Wohnzimmer müsste man sich teilen. Die Miete ist erschwinglich. Mir ist nur wichtig, dass die Person zuverlässig ihren Teil der Miete zahlt und kein Messie ist, der meine Wohnung ins Chaos stürzt."

„Warum suchst du einen Mitbewohner?", startet Alex direkt das Verhör. „Ich dachte, René und du wohnt zusammen?"

Ich habe mit Fragen gerechnet, allerdings nicht unbedingt mit dieser zuerst. Ich brauche zwei Atemzüge, bevor ich mich genug gesammelt habe, um ihm zu antworten.

„Wir haben uns getrennt und er ist ausgezogen", lasse ich die Bombe so gefasst wie möglich platzen.

„Was ist passiert?" Ella greift nach meiner Hand und drückt sie. Ich brauche gar nicht erst zu versuchen, ihr vorzumachen, dass alles okay sei. Ella hat einen siebten Sinn für den Gemütszustand der Menschen um sie herum.

„Ich möchte nicht darüber reden", sage ich schließlich, um weitere Fragen abzublocken. Das schaffe ich noch nicht. „Es sind auch schon ein paar Wochen vergangen, also konnte ich den ersten Schock bereits verdauen. Aber der Punkt ist, dass ich mir die Wohnung allein nicht leisten kann. Die beiden Schlafzimmer sind in etwa gleich groß, die Wohnung ist echt schön und gut gelegen. Ich will sie nicht aufgeben, aber ich brauche dazu jemanden, der mit mir die Miete teilt."

„Wie schnell?", fragt Viper. „Bald geht das neue Semester los, vielleicht hast du Erfolg, wenn du an der Uni einen Aushang machst?"

Die Idee ist gut, aber ich möchte ungern mit einem Studenten zusammenwohnen, wenn ich ehrlich bin. Sicher sind es nur Vorurteile, aber ich verbinde mit Studierenden vor allen Dingen durchfeierte Nächte, Lärm und wenig Schlaf. Und wenn es etwas gibt, das mir heilig ist, dann mein Schlaf.

„Am liebsten sofort." Ich seufze und nehme einen Schluck vom nächsten Cocktail, den mir Viper mir über den Tresen schiebt.

„Ich könnte bei dir einziehen", meldet sich Sascha und meine Haut beginnt zu kribbeln. „Ich schlafe derzeit noch bei Mona auf dem Sofa, was erstens nicht sonderlich bequem ist und zweitens keine Dauerlösung sein kann. Wenn du also kein Problem damit hast, dass ich bei dir einziehe, dann hast du einen neuen Mitbewohner."

Will ich das? Ich bin gerade erst den einen Mann losgeworden, mit dem ich die Wohnung geteilt habe, und jetzt soll direkt der nächste einziehen?

Aber es ist anders, sagt mir meine

innere Stimme. Natürlich liegt sie wie meistens richtig. Mit René hatte ich sowas wie eine Beziehung, Sascha wäre nur ein Mitbewohner. Genau das, was ich suche.

Ich kenne seinen Arbeitgeber, Mona kennt ihn schon ihr Leben lang und ich vertraue ihrem Urteil, was Freunde angeht. Also wäre es die perfekte Lösung. Oder?

„Du kannst dir die Wohnung ja mal ansehen", schlage ich vor. „Dann kannst du entscheiden, ob du wirklich einziehen willst."

„Machen wir", stimmt er mir zu. „Ich kann auch erstmal nur zur Probe ein-ziehen und wenn es nicht klappen sollte, verschwinde ich wieder auf das Sofa bei Mona."

Die Möglichkeit, die Reißleine ziehen zu können, wenn es nicht funktinoiert, beruhigt mich ein wenig.

Ich kann Sascha mehr hinter mir spüren, als dass ich ihn wirklich höre. Wir haben beschlossen, dass heute so gut wie jeder andere Tag ist und ich ihm die Wohnung gleich zeigen kann. Also führe ich ihn langsam durch die Wohnung und obwohl er einige Schritte hinter mir geht, habe ich das Gefühl, ihn direkt an meinem Rücken zu spüren.

Er folgt mir in die Küche, schaut neugierig in die Schränke, nachdem er um Erlaubnis gebeten hat, und nickt immer wieder. Scheinbar gefällt ihm, was er an Schüsseln und Töpfen in den Schränken findet.

Im Wohnzimmer staunt er über die riesige Couch, die beinahe den halben Raum einnimmt, und den großen Fernseher an der Wand. Nicht überdimensioniert für den Raum, aber dennoch sehr groß.

„Ich schaue gern Serien", rechtfertige ich mich und er zwinkert mir nur zu.

„Wie sind die Regeln?"

Für einen Moment bin ich verwirrt, war mit meinen Gedanken ganz woanders und nicht hier, bei ihm in meiner Wohnung, die vielleicht auch bald seine ist.

„Was meinst du?"

„Na, jede WG hat doch Regeln", erklärt er. „Gibt es eine Zeit, zu der ich spätestens zu Hause sein muss? Was darf ich auf gar keinen Fall kochen? Ich koche zu Hause fast ausschließlich vegan, verzichte auf Schwein und tierische Gelatine, falls du Muslima bist. Dann musst du dir keine Gedanken machen."

Als er Luft holt, um noch mehr zu

sagen, unterbreche ich ihn. „Vegan klingt super, auch wenn ich keine Muslima bin."

„Okay, dein Cousin erwähnte es nur letzt, als er dich in der Bar gesucht hat." Er tut das mit einem Schulterzucken ab.

„Okay." Ich ziehe das Wort unangenehm lang. Dahinter steckt offensichtlich mehr, aber ich will ihn jetzt nicht ausfragen. „Wie auch immer. Es gibt keine Zeit, zu der du hier sein musst. Wäre auch schwierig, ich weiß ja, wo und wielang du arbeitest. Ich weiß, dass ihr erst spät die Türen dichtmacht und danach noch aufgeräumt und aufgefüllt werden muss. Außerdem bist du erwachsen und kannst selbst entscheiden, ob und wann du nach Hause kommst. Also alles gut. Mir ist nur wichtig, dass du kein Chaos veranstaltest und dich beim Putzen beteiligst. Kochen ist mir egal, ich bringe mir nach der Arbeit meist was mit, das ich dann vor dem Fernseher esse. Oder ich habe schon gegessen, wenn ich nach Hause komme. Mit den Lebensmitteln können wir es regeln, wie du willst. Entweder kauft jeder getrennt für sich ein, oder wir führen eine Einkaufsliste und gemeinsame Haushaltskasse und wechseln uns ab. Das können wir halten, wie es dir lieber ist."

„Ich hab da was", sagt er und hält mir sein Handy hin. „Das ist eine WG-App. Da können wir Putzpläne erstellen und Aufgaben zuweisen, beziehungsweise als erledigt markieren und eine gemeinsame Einkaufsliste führen. Wer gerade einkauft, kann dann abhaken, was er besorgt hat. Ist ganz praktisch, das haben wir in meiner alten WG genutzt."

„Klingt gut", stimme ich ihm zu und merke mir den Namen der App, um sie später herunterzuladen.

„So, und jetzt zeig mir doch mein Zimmer und verrate mir, wie hoch die Miete ist. Soll ich direkt an den Vermieter überweisen oder lieber ein paar Tage vorher an dich, damit du in einer Summe überweist?"

Über diese Möglichkeit habe ich bisher nie nachgedacht, aber sie ist genial. Das würde mir die Gewissheit geben, dass die Miete auch wirklich vollständig ankommt bei meinem Vermieter und mir nicht das nächste Debakel ins Haus steht.

„Gern an mich, wenn dir das nichts ausmacht." Beinahe ist es mir unangenehm, seinen Vorschlag anzunehmen. Aber innere Ruhe ist mir wichtiger als ein guter Eindruck. Und ich glaube, weil wir uns noch nicht so lange kennen, ist es okay, wenn ich ihm noch nicht vollständig vertraue. Seine Antwort bestätigt das.

„Kein Problem."

Wir betreten den Raum, der noch mit Renés Kram vollgestellt ist und Sascha sieht sich gelassen in seinem zukünftigen Zimmer um.

„Das räume ich noch raus."

„Ist das sein Zeug?", fragt er nach einer Weile und ich kann nur nicken, bekomme kein Wort mehr heraus. Es ist mir unangenehm, in diesem Raum zu sein, zu sehr erinnert mich alles an den Verrat, an die Lügen, die ich so vorbehaltlos geglaubt habe. „Hast du einen Keller oder so, wo ich alles reinstellen kann?"

„Eine leere Garage", bringe ich mühsam hervor.

„Na, dann räume ich das Zeug am besten da rein. Ich frage Viper und Alex, ob die beiden mit anpacken, dann sind wir innerhalb kürzester Zeit fertig, du wirst schon sehen. Und die beiden helfen mir dann auch sicher, mein Zeug hier reinzubekommen."

„Du willst das Zimmer also haben?", gehe ich sicher.

„Wenn du mich hier haben willst, dann ja. Ich kann sofort einziehen und dir die Miete für den Monat überweisen."

Mir fällt ein Stein vom Herzen und ohne groß darüber nachzudenken, umarme ich ihn stürmisch.

„Danke", nuschele ich an seiner Brust, „du hast keine Ahnung, wie sehr du mir gerade den Hintern rettest."

Zögerlich erwidert er die Umarmung, hält mich fest. Und zum ersten Mal seit Wochen merke ich, wie ich mich entspanne. Die größte meiner Sorgen hat sich gerade dank Sascha in Luft aufgelöst.

„Gerne doch, Mäuselchen", antwortet er und legt sein Kinn auf meinen Kopf.

Mein Herz setzt bei dieser Geste zwei Schläge aus und schaltet dann den Turbo ein.

Zwei Tage später sind Renés Sachen in der Garage und Sascha ist mein neuer Mitbewohner.

Und meine innere Stimme warnt mich, dass meine Schwierigkeiten jetzt nur größer sind.

Kapitel 7

12. Dezember 2017

Mir war nicht klar, wie schnell sich zeigen würde, dass es ein Fehler war, ein *riesengroßer* Fehler, dass ich Sascha zu meinem Mitbewohner gemacht habe.

Aber heute ist es so weit.

Als ich nach der Arbeit nach Hause komme, bin ich einfach nur noch müde und will nichts weiter tun, als mich auf die Couch setzen und einen Film schauen, der einfach nur vor sich hinläuft.

Also schnappe ich mir etwas zu essen aus dem Kühlschrank, mache es eben in der Mikrowelle warm und begebe mich damit und mit einem Glas Johannisbeerschorle ins Wohnzimmer.

Ich scrolle mich eine Weile durch den Streamingdienst, ohne fündig zu werden, doch dann springt mich die Serie quasi direkt an. England, neunzehntes Jahrhundert, der Adel und alles drum herum. Nichts, worauf man sich sonderlich konzentrieren muss, um der Handlung folgen zu können. Absolut perfekt für heute.

Nach einer Folge bin ich mir jedoch sicher, dass die Serie ein Fehler war. Ich habe nicht die geringste Ahnung, was die ganzen Adelstitel bedeuten, in welcher Hierarchie sie stehen und noch weniger habe ich verstanden, warum manche Leute mal so und mal so angesprochen werden.

Aber die Serie lenkt mich von meinen Gedanken ab und beschäftigt mich und mehr will ich gerade nicht, also halte ich weiter tapfer durch und lasse mich berieseln. Immerhin sind die Kostüme genial.

Ich pausiere auch nicht, als Sascha nach Hause kommt, sondern schaue die mittlerweile dritte Folge weiter, bis er seinen Kopf ins Wohnzimmer steckt und mich begrüßt.

„Was schaust du?"

Ich halte die Folge an, bevor ich mich zu ihm umdrehe. „Irgendwas mit Adel und früher und England und so", fasse ich sehr geistreich zusammen.

Er lacht nur, kommentiert es nicht weiter.

„Na gut, ich geh duschen, ich muss den Essensgeruch loswerden. Hast du schon gegessen oder sollen wir was bestellen?"

„Im Kühlschrank steht noch eine Portion Auflauf, bedien dich gern", sage ich, bevor ich die Serie wieder starte, als er das Wohnzimmer verlässt.

Gerade, als es zur vierten Folge wechselt, kommt Sascha ins Wohnzimmer und lässt sich neben mich auf die Couch fallen. Nur, dass ich es mir ziemlich bequem gemacht habe, das halbe Sofa einnehme und wir deswegen Schulter an Schulter sitzen.

„Soll ich dir Platz machen?", frage ich daher und will mich schon aufsetzen, als er mich mit einem Kopfschütteln davon abhält.

„Nein, bleib so."

Ich bin angespannt, als die Serie weitergeht. Wir haben noch nie so lang zusammen auf der Couch gesessen, ohne uns zu unterhalten. Geschweige denn, dass wir so eng zusammensaßen. Irgendwann wird es mir zu viel und ich ziehe meine ausgestreckten Beine ein, rutsche etwas von Sascha weg, um ihm Platz zu machen.

„Alles okay?", wendet er sich an mich und als ich zu ihm schaue, bin ich für einen Moment perplex. Er sieht mich unsicher an. Warum sollte Sascha unsicher sein?

„Ja, ich wollte dir nur Platz machen, ich mache mich ziemlich breit."

„Aber jetzt wird mir kalt", scherzt er und zwinkert mir zu. Ich kann nicht anders, als zu grinsen und die Decke neben mir zu schnappen und sie ihm zu reichen.

„Dann deck dich zu."

„Nur, wenn du mit unter die Decke kommst", zieht er mich auf und ich überlege, abzulehnen, obwohl mir langsam aber sicher auch kalt wird.

„Okay." Ich bin selbst erschrocken, als ich mich antworten höre und will zurückrudern, da hält Sascha schon einladend die Decke hoch.

Ich zögere noch einen Moment, dann rutsche ich näher zu ihm, lasse mir von ihm die Decke über die Beine legen.

Es ist, als würde seine Körperwärme mich magnetisch anziehen, denn bevor ich mich versehe, sitze ich eng an ihn gekuschelt auf dem Sofa, meinen Kopf an seinen Oberarm gelehnt.

Als es zur nächsten Folge wechselt, bemerke ich seinen Blick, der auf meinem Gesicht ruht.

„Was ist?", frage ich leise, um den Moment nicht zu zerstören.

„Ich mag das", antwortet er und als ich fragend die Stirn runzele, deutet er mit dem Kinn auf meine Hand.

Meine Hand, die auf seinem Unterarm

liegt und die Linien eines seiner zahlreichen Tattoos nachfährt.

Ich will schon aufhören, doch dann entscheide ich mich, einfach weiterzumachen. Ich bin fasziniert von der Farbe und den Mustern auf seiner Haut.

„Haben die weh getan?", will ich schließlich wissen.

„Manche mehr und manche weniger. Warum, willst du dich auch tätowieren lassen?"

„Nein", ich lache. „Ich glaube, ich könnte mich nicht entscheiden, was ich will und dann wäre ich nicht lange mit dem Motiv glücklich. Wusstest du direkt, was du willst?"

„Bei einigen ja, andere waren spontane Entscheidungen."

„Bereust du es?" Ich sehe ihn an und bin gespannt, ob er mir ehrlich antworten wird. Aber woher soll ich wissen, was ehrlich ist und was nicht? Ich war auch bei René immer der Meinung, dass er mir die Wahrheit sagt und am Ende kam heraus, dass er mich die ganze Zeit belogen hat.

„Ja, es gibt eines, das ich bereue. Aber auch das gehört zu mir. Wir treffen alle mal Entscheidungen, die wir irgendwann bereuen. Und die wenigsten lassen sich dann rückgängig machen."

Eine Weile denke ich darüber nach und komme zu dem Schluss, dass er recht hat. Wir machen nicht immer alles richtig und manchmal wird erst sehr viel später klar, dass eine andere Entscheidung besser gewesen wäre.

„Würdest du es nachträglich ändern, wenn es ginge?"

„Nein", antwortet er bestimmt und ich frage mich, ob er das wirklich ernst meint. „Es gehört zu mir. Meine guten und meine schlechten Entscheidungen und Erfahrungen haben den Menschen aus mir gemacht, der jetzt auf dem Sofa neben dir sitzt. Und ich mag den Menschen, der aus mir geworden ist. Sicher, ich hätte Dinge anders oder besser machen können und in vielen Fällen auch sollen, aber das habe ich nicht. Es bringt nichts, mich darüber zu ärgern. Ich bin, wer ich bin. Und wenn ich damit leben kann, dann sollte es auch jeder andere können."

„Eine kluge Einstellung", murmele ich und kuschele mich wieder an ihn, lasse diesmal meine Hand einfach nur ruhig auf seinem Unterarm liegen.

„Die kann ich nur weiterempfehlen", antwortet er und lehnt sich noch etwas näher zu mir.

Ich genieße es, so nah bei ihm zu sitzen, bis mir wieder einfällt, dass wir uns eigentlich kaum kennen.

„Nehme ich auch wirklich nicht zu viel Platz weg?", frage ich irgendwann und schaffe es kaum noch, die Augen offen zu halten, so müde bin ich mittlerweile.

„Du bist kaum größer als eine Maus, du nimmst keinen Platz weg", brummt er. „Aber jetzt sollten wir ausmachen und ins Bett gehen, du schläfst gleich ein. Schauen wir morgen weiter?"

„Du willst mit mir weiterschauen?" Jetzt bin ich hellwach, richte mich auf und sehe ihn neugierig an.

„Natürlich. Ich verstehe zwar kein bisschen von dem Adelskram, aber der Rest ist interessant. Also? Haben wir morgen ein Date? Gleiche Zeit, gleicher Ort?"

„Wir haben morgen ein Date", antworte ich und als er mich strahlend anlächelt, weiß ich ganz sicher, dass ihn einziehen zu lassen die falsche Entscheidung war.

Mein Herz hört nämlich nicht auf, Überstunden zu schieben und zu schnell zu schlagen.

Das ist nicht gut.

Das ist gar nicht gut.

Kapitel 8

24. Dezember 2017

Es ist Weihnachten. Na gut, erst Heilig-
abend, aber es ist ein weiteres Jahr, in
dem ich allein auf meiner Couch sitze,
eingekuschelt in meine Lieblingsdecke.
Ich trage einen alten Anti-Weihnachts-
Pyjama und habe mir dennoch fest vorgenommen, allein einen Horrorfilm zu
schauen.

Ich will die Tradition unter keinen
Umständen ein weiteres Jahr aussetzen,
oder gar beenden. Auf gar keinen Fall.
Dieses Jahr ziehe ich den Film durch,
komme, was wolle.

Es brennt nur der Adventskranz auf
dem Tisch vor mir, die restlichen Lampen
habe ich ausgeschaltet. Ich will mich ganz
in der Stimmung verlieren.

Allerdings war ich dann doch nicht
mutig genug, mir einen Film mit FSK 18
auszusuchen, FSK 12 muss für heute reichen. Ehrlich gesagt ist mir auch ohne
Film schon gruselig genug in der stillen
Wohnung.

Immer wieder wandert meine Hand in
die Popcornschüssel auf meinem Schoß,
auch wenn ich dafür die Decke loslassen

muss und mich nicht verstecken kann. Ich habe mir fest vorgenommen, mutig genug dafür zu sein.

Ich gebe mir so viel Mühe, mich auf den Film zu konzentrieren und nicht in jeder zweiten Szene aus dem Raum zu flüchten, dass ich alles um mich herum ausblende.

Nur deswegen – und wirklich nur deswegen – bemerke ich nicht, wie jemand das Wohnzimmer betritt. Erst, als eine kalte Hand nach meiner Schulter greift, zucke ich schreiend zusammen und werfe mit der Schüssel nach dem Angreifer. Als mich die Hand loslässt, springe ich auf die Couch, hebe die Fäuste und bin bereit, mich mit allem zu verteidigen, was ich habe.

„Was zum Teufel?", flucht eine Stimme, die ich erst nach wenigen Sekunden als die von Sascha erkenne.

„Bist du verrückt geworden?", herrsche ich ihn an und will nach ihm schlagen, doch er fängt meine Hand ab. So dunkel es auch sein mag, seine Reflexe sind ausgezeichnet. „Du kannst mich doch nicht so erschrecken!"

„Ich habe gerufen, als ich reingekommen bin, hast du mich nicht gehört?"

Meine Abwehrhaltung bröckelt, ich

lasse die Fäuste sinken.

„Nein, hab ich nicht. Kannst du bitte das große Licht anmachen?"

Als das Deckenlicht aufleuchtet, sehe ich mich nach der Fernbedienung um und stelle den Film auf Pause.

„Was machst du überhaupt hier?", frage ich ihn. „Ich dachte, du bist an den Feiertagen nicht da." Nur deswegen habe ich mich schließlich entschieden, den Film schon heute zu schauen. Ich wollte verhindern, dass er mich in meinem Pyjama sieht. Gerade, als ich mich wieder daran erinnere, und nach der Decke greifen will, um den Schlafanzug zu verstecken, bemerke ich seinen Blick, der auf meiner Brust klebt.

„Was zum Teufel hast du da an?", bringt er nach einer Weile lachend hervor. „Sind das Teletubbies auf deinem Pyjama?"

Natürlich kann er es nicht einfach ignorieren, wäre ja auch zu schön gewesen.

„Ja, sind es", gebe ich schließlich das Offensichtliche zu. „Aber du hast meine Frage nicht beantwortet."

Er runzelt die Stirn, bevor er mich angrinst und ich den Schalk in seinen Augen aufblitzen sehe.

„Das sage ich dir, wenn du mir verrätst, was du hier veranstaltet hast. Warum schreist du die halbe Nachbarschaft zusammen, wenn ich reinkomme?"

„Also, du bist ja wohl nicht einfach nur reingekommen, du hast mich zu Tode erschreckt", antworte ich schnippisch. „Das ist ein gewaltiger Unterschied. Und ich schaue einen Horrorfilm."

„Du schaust einen Horrorfilm." Er sieht mich an, als sei ich verrückt geworden. „An Weihnachten. Allein. In einer dunklen Wohnung. In einem Kinderpyjama."

Ich verschränke die Arme vor der Brust und lasse mich von seinem Blick nicht einschüchtern. Auf keinen Fall. Und noch viel weniger beachte ich die Gänsehaut, die sich auf meinen Armen bildet, als er den Blick nicht von mir löst, sondern ihn noch einmal von oben nach unten über mich schweifen lässt.

Nicht gut. Gar nicht gut. Das ist das Letzte, was ich jetzt brauchen kann, also muss ich für Ablenkung sorgen.

„Das hat Tradition, aber ich bin seit einer Ewigkeit nicht mehr dazu gekommen, also wollte ich das jetzt wieder aufleben lassen. Nur war nie geplant, dass du hier bist. Warum bist du hier?"

Er setzt sich auf die Couch, direkt neben mich und greift sich etwas Popcorn, das überall verteilt liegt.

„Ich fahre erst morgen zu meiner Familie, heute musste ich noch arbeiten. Steht auch so in meinem Schichtplan am Kühlschrank."

Stimmt, dort hätte ich nachsehen können. Aber ich war mir so sicher, ihm richtig zugehört zu haben. Nun ja, ganz offensichtlich nicht.

„Und jetzt will ich die ganze Geschichte", lässt er nicht locker.

Also gebe ich nach, lasse mich neben ihm nieder und erzähle ihm die Kurzfassung.

„Mein Cousin und ich brauchten was, womit wir nach den Ferien angeben konnten vor unseren Klassenkameraden, weil wir zu Hause kein Weihnachten feiern. Das kam bei den Anderen immer komisch an. Also mussten wir etwas finden, das besser war, als Geschenke auszupacken und drei Tage lang zu essen. Was wäre dazu besser geeignet, als an Weihnachten Horrorfilme zu schauen statt der ganzen Filmklassiker, die jeder mitsprechen kann, weil wir damit seit Geburt gequält werden? Aber ich war immer ein kleiner Schisser."

„War?", unterbricht er mich lachend und ich schnaube, bevor ich fortfahre.

„Ich *war* immer ein kleiner Schisser, ich brauchte etwas, das mich abgelenkt und mir Sicherheit vermittelt hat. Und das sind eben lustige Pyjamas. Wenn es dir noch nicht aufgefallen ist: Ich habe da einen kleinen Tick. Andere sammeln Briefmarken, ich sammle Pyjamas."

„Ist mir noch nie aufgefallen, aber jetzt erwarte ich, dass du mir jeden einmal vorführst." Er grinst mich schelmisch an und mein Herz legt wieder einen Takt zu.

„Werde ich ganz sicher nicht tun."

Eine Weile sitzen wir schweigend nebeneinander, der Film ist immer noch pausiert, und essen das Popcorn, das um uns herum liegt.

„Geh neues Popcorn machen", weist Sascha mich schließlich irgendwann an. „Und erzähl mir, was wir schauen, während ich hier eben aufräume."

Ich bin schon halb auf dem Weg in die Küche mit der leeren Schüssel, als mir auffällt, was er da gesagt hat.

„Wir?", gehe ich nochmal auf Nummer sicher, um ihn nicht falsch verstanden zu haben.

„Ja, *wir*. Du glaubst doch nicht, dass

ich mir den Spaß entgehen lasse."

Wie angewurzelt bleibe ich stehen und kann ihn nur mit großen Augen anstarren. Ich bin mir sogar sicher, dass mein Kinn irgendwo auf meiner Brust klebt, so sehr ist mir der Unterkiefer vor Staunen nach unten geklappt.

„Warum siehst du mich an, als sei ich ein Alien?"

„Weil du das bist", antworte ich das Erste, was mir in den Sinn kommt. „Niemand wollte bisher mit mir Horrorfilme schauen. Niemand außer meinem Cousin."

Er dreht sich zu mir und schaut mich mit gerunzelter Stirn an.

„Wie hast du dann mit deinem Ex die Feiertage verbracht?"

„Er war Weihnachten nie hier", ist alles, was ich sage, bevor ich mich schnell in die Küche begebe. Ich will ihm nicht sagen, dass René mich ausgelacht hat, und meinte, ich sei total verrückt, wenn ich glaubte, er würde für Horrorfilme bei mir bleiben. Oder dass ich immer glaubte, er würde mit seinen schon sehr alten Eltern feiern und er stattdessen bei seiner Frau und seinen Kindern war. Ich will dies alles einfach nur vergessen.

Als ich mit frischem Popcorn wiederkomme, hat Sascha das große Licht wieder gelöscht und dafür die Kerzen vom Adventskranz im Raum verteilt. Es wirkt unglaublich gemütlich, wirft aber auch viele Schatten. Vielleicht keine so gute Idee, wenn wir einen Horrorfilm schauen wollen.

Doch bevor ich etwas sagen kann, hat er sich schon hingesetzt, die Decke über sich ausgebreitet und hält mir eine Ecke hoch, damit ich mich neben ihn kuscheln kann.

Wird schon nicht so schlimm werden, rede ich mir ein. Es ist schließlich nicht das erste Mal, dass wir zusammen einen Film schauen. Es ist auch nicht das erste Mal, dass ich mich irgendwann an ihn lehne, damit ich besser an das Popcorn komme.

Es wurde noch viel schlimmer. Stunden nach Ende des Films liege ich immer noch wach im Bett und zucke beim kleinsten Geräusch zusammen, bin sogar kurz davor, mich im Schrank zu verstecken. Wahrscheinlich würde ich dort sogar mehr Schlaf bekommen als hier allein in meinem Bett.

Wie habe ich das damals nur ausgehalten mit meinem Cousin? Ich kann mich nicht daran erinnern, dass ich früher schon panisch gewesen wäre nach den Filmen. Und wir haben weitaus gruseligere Dinge gesehen als der Film heute, wir haben uns kein bisschen für die Altersempfehlung interessiert.

Ich kneife fest die Augen zusammen und konzentriere mich auf meine Atmung. Drei Sekunden einatmen und sechs Sekunden wieder ausatmen. Einmal. Und noch einmal. Immer weiter, bis ich glaube, mich langsam zu entspannen.

Fast bin ich sicher, gleich einzuschlafen, als das Quietschen einer Tür wie ein Warnsignal durch die Wohnung hallt. Als schließlich noch Schritte ertönen, die sich meiner Tür nähern, kann ich den Angstschrei nicht mehr zurückhalten, der sich in meiner Kehle bildet.

„Laura, ist alles in Ordnung?", höre ich Sascha vor meiner Tür sagen und schluchze auf. Ich habe so dermaßen Angst, dass ich mich nicht traue, aus dem Bett aufzustehen.

„Hey, ich komme rein, okay?", fragt er, doch ich kann immer noch nicht antworten.

Er betritt langsam den Raum, das Licht aus dem Flur strahlt ihn von hinten an, bevor er die Deckenlampe in meinem

Zimmer anschaltet und ich erkenne, dass es wirklich Sascha ist, der da steht, und kein Einbrecher.

„Ist alles okay?", fragt er noch einmal und nähert sich langsam meinem Bett.

„Nein", gebe ich schließlich zu und schniefe wenig damenhaft. „Ich kann nicht schlafen, ich hab total Angst."

„Warte hier, ich bin gleich wieder da. Mach schonmal das Licht auf deinem Nachttisch an."

Noch bevor ich fragen kann, was er vorhat, hat er mein Zimmer auch schon wieder verlassen und kommt nach wenigen Sekunden mit seinem Bettzeug im Arm wieder zurück. Er lässt die Tür offen, sodass aus dem Flur immer noch Licht hereinscheint, als er die Deckenlampe in meinem Zimmer wieder ausschaltet.

Ohne, dass er mich auffordern müsste, rücke ich zur Seite und mache ihm Platz.

Als er neben mir liegt, unter seiner eigenen Decke und den Arm nach mir ausstreckt, warte ich nicht lang, sondern rücke zu ihm und kuschele mich an ihn, lege meinen Kopf in seine Armbeuge und meinen Arm auf seine Brust. Seine Hand legt sich auf meinen Rücken und drückt mich noch enger an ihn.

Zum ersten Mal seit Stunden merke

ich, wie meine Muskeln sich lockern und ich mich entspanne. So habe ich vielleicht die Chance, doch noch einzuschlafen.

„Warum schaust du Horrorfilme, wenn du danach so in Panik verfällst?", fragt er mich nach einer Weile leise.

„Ich habe keine Panik", behaupte ich steif und fest. Sein Lachen kann ich mehr spüren, als dass ich es höre. „Wirklich nicht. Das war heute das erste Mal."

„Na gut, dann glaube ich dir mal. Und jetzt schlaf, Mäuselchen", murmelt er, drückt mir einen Kuss auf die Stirn und schon wenige Augenblicke später werden seine Atemzüge tiefer und ruhiger. Er scheint eingeschlafen.

Und davon lasse auch ich mich einlullen und finde den Weg in den Schlaf.

Diesmal ohne Panikattacke. Und ganz ohne unangenehme Träume.

„Bleib liegen." Die leise in mein Ohr flüsternde Stimme durchbricht den Schlafnebel und lässt mich die Augen öffnen.

Für einen Moment bin ich verwirrt, Sascha direkt vor mir zu sehen, bis mich die Erinnerung an die letzte Nacht einholt.

Richtig, ich habe Panik bekommen und

Sascha kam in mein Bett, damit ich mich sicher fühle. Dank ihm konnte ich endlich schlafen und ich fühle mich jetzt sogar sehr viel entspannter als in den Wochen davor.

„Wo willst du hin?", frage ich ihn, als er sich umdreht und an der Bettkante aufsetzt, mit dem Rücken zu mir. Mit einem Grinsen im Gesicht dreht er den Kopf zu mir.

„Vermisst du mich schon?" Als er zwinkert, weiß ich, dass er es als Scherz gemeint hat, doch mein Herz setzt trotzdem einige Schläge aus.

„Nein, du hast mir meine Decke geklaut", verteidige ich mich fadenscheinig.

„Von wegen." Er lacht. „Du hast versucht, mir meine Decke zu klauen. Und so gern ich mich auch weiter mit dir um die Decke streiten würde, muss ich jetzt los. Mein Zug geht in zwei Stunden und ich habe noch nicht gepackt."

„Richtig, du fährst zu deiner Familie", erinnere ich mich laut.

„Du kannst mitkommen, wenn du willst", sagt er und streckt den Arm zu mir aus, streicht mir eine Haarsträhne hinter das Ohr.

„Nein, heute essen wir bei meinem

Onkel", lehne ich ab. Außerdem ist mir nicht klar, warum er mich eingeladen hat. Meine anderen Freunde haben mich noch nie zum Weihnachtsessen eingeladen.

„Na gut." Er steht auf und macht sich daran, mein Schlafzimmer zu verlassen. An der Tür dreht er sich noch einmal zu mir um. „Beim nächsten Mal schlafen wir in meinem Bett. Das ist erstens größer und zweitens bequemer. Du musst nicht allein schlafen, wenn du das nicht willst."

Ich will ihn fragen, was er damit meint, doch da schließt er schon meine Tür hinter sich und ich höre, wie er wenige Sekunden später im Badezimmer das Wasser aufdreht.

Was heißt das, ich müsse nicht mehr allein schlafen? Wir sind Mitbewohner, auf dem Weg, Freunde zu werden. Aber die teilen sich nicht ein Bett.

Zumindest nicht dauerhaft.

Ganz sicher nicht.

Das ist eine grauenhafte Idee, geht es mir durch den Kopf. Und doch kann ich nicht verhindern, dass ich innerlich jubele bei dem Gedanken daran, mich jede Nacht so wohl zu fühlen wie letzte Nacht.

Kapitel 9

03. Februar 2018

Die Stimmung im Raum ist erfüllt mit angespannter Erwartung. Viper und Ella haben sich auf dem Sofa aneinandergekuschelt, ich habe es mir auf dem Sessel bequem gemacht und Alex geht aufgeregt zwischen Fenster und Wohnungstür hin und her, macht uns wahnsinnig mit seiner Anspannung.

„Noch nichts von Sascha", erklärt Ella und legt ihr Telefon zur Seite. Dabei sollte uns allen klar sein, dass Mona erst in diesen Minuten aus dem Flugzeug steigt. Noch kann Sascha sie gar nicht in Empfang nehmen, geschweige denn, dass sie auf dem Weg hierher sein könnten. Hierher, zu ihrer Überraschungsparty anlässlich ihrer Rückkehr nach Hamburg.

Alex hat alles organisiert und uns zusammengetrommelt. Kaum, dass er wusste, wann Mona wieder Hamburger Boden betreten würde, war er nicht mehr zu bremsen.

Vielleicht wird es endlich was mit den beiden, vielleicht bekommen sie jetzt die Kurve und versuchen, aus ihrer Freundschaft eine Beziehung wachsen zu lassen und all den Ärger der letzten Monate hinter sich zu lassen.

Ich kenne wenige Paare, die so gut zusammenpassen wie die beiden. Ella und Viper noch, aber auch diese beiden haben eine stürmische Geschichte hinter sich.

Jetzt sitzen wir hier und warten darauf, dass Sascha sich mit der Nachricht meldet, dass er Mona gefunden hat und sie auf dem Weg hierher sind.

Ella und ich vertreiben uns die Zeit mit Smalltalk, bis unsere Telefone zeitgleich eine Nachricht ankündigen.

Sie sind fast da, was Alex nur noch nervöser werden lässt. Er ist wie ein Tiger im Käfig.

„Alex, bitte", versuche ich ihn zu beruhigen. „Du machst mich wahnsinnig. Setz dich hin und warte, wie wir anderen auch. Sie werden gleich da sein. Aber wenn du mit deinem jetzigen Gesichtsausdruck im Flur stehst, wird Mona gleich wieder umdrehen und sich nie wieder blicken lassen."

Meine Worte scheinen Wirkung zu zeigen, zumindest für ein paar Minuten, denn Alex setzt sich auf die Sofakante und wippt nur noch mit den Knien auf und ab.

Immerhin besser als vorher, aber immer noch nicht ideal.

Irgendwann ist es so weit, wir hören einen Schlüssel im Schloss und Alex ist der Erste, der in der Tür zum Flur steht, damit Mona ihn sehen kann. Wie sollte es auch anders sein?

Aber statt sie zu begrüßen und zu ihr zu gehen, steht er nur wie festgewachsen da und bewegt sich keinen Millimeter. Ebenso wie Mona sich nicht bewegt und keinen Ton herausbringt.

Ella kann es nicht abwarten, sie drängt sich an Alex vorbei in den Flur, ich folge ihr auf dem Fuße und wir beide fallen Mona um den Hals. Es tut so gut, sie wieder hier zu haben. Wie sehr mir ihre Anwesenheit gefehlt hat, merke ich erst jetzt. Sich durch Telefonate und Nachrichten auszutauschen ist schön und gut, aber nichts ersetzt den persönlichen Kontakt.

„Überraschung", lässt Viper verlauten, als wir Mona endlich loslassen und den anderen die Chance geben, sie willkommen zu heißen. Als Alex zu ihr geht und sie in den Arm nimmt, verlassen wir den Flur und geben ihnen den Raum, den sie brauchen. Ich glaube, jedem von uns ist klar, wie wichtig dieses erste Aufeinandertreffen der beiden nach der langen Zeit ist. Endlich können sie neu anfangen.

Ich hoffe nur, dass sie das auch tun.

In den nächsten Stunden lässt Mona uns an ihrem Leben in München teilhaben, erzählt uns alles haarklein und detailliert, damit wir ein Bild von dem bekommen, was sie uns vorher nur in kurzen Nachrichten schreiben konnte.

Nebenher trinken wir beide Sekt, während Ella sich an Saft hält. Ich merke kaum, wie schnell er mir zu Kopf steigt, so abgelenkt bin ich von den Erzählungen.

„Bobby ist verliebt", flüstere ich irgendwann Mona zu und bin mir nur halb bewusst, was ich da von mir gegeben habe. Erst, als Sascha mir mein Glas abnimmt und sagt, dass wir besser nach Hause fahren sollten, wird mir bewusst, dass ich vielleicht etwas gesagt habe, das ich besser nicht ausgeplaudert hätte. Aber ich dachte, Mona wüsste davon?

Zum Glück scheint Mona das nicht wirklich registriert zu haben, denn sie schießt sich auf den Kosenamen ein, den Sascha mir verpasst hat.

„Mäuselchen? Du nennst sie Mäuselchen? Wie zum Geier kommt man denn auf DEN Namen?"

Ich stimme mit ein, als alle lachen.

„Weil ich doch so süß bin", sage ich schließlich „Neben Sascha sehe ich doch wirklich aus wie ein kleines Mäuschen."

„Das kommt auf jeden Fall hin", höre ich Ella sagen und sehe mich gezwungen, noch mehr zu erklären.

„Und ich brauche so wenig Platz neben ihm auf dem Sofa."

„Warte, was?" Mona scheint schockiert, was mich wundert. Sie weiß doch, dass wir zusammenwohnen, oder nicht?

„Bist du bei Laura eingezogen?"

Okay, vielleicht weiß sie das doch nicht. Habe ich etwa vergessen, ihr das zu erzählen?

„Ja, nachdem sie sich von René getrennt hat, brauchte sie einen neuen Mitbewohner. Also habe ich das leere Zimmer genommen", erklärt Sascha und ich kann ihm nur nickend zustimmen.

„Warum erzählt mir das denn keiner? Ich wusste nur, dass du hier ausziehst."

„War ja nicht wichtig", nuschelt er und hilft mir, aufzustehen. Ich bekomme nicht mit, was er noch sagt, bin zu sehr damit beschäftigt, mich auf den Beinen zu halten und mich von den anderen zu verabschieden.

„Ich glaube, ich habe zu viel getrunken", nuschele ich vor mich hin, als wir draußen ankommen. Es ist ziemlich kalt und ich versuche, meine Nase in meinem Schal zu verstecken, was mir nicht so recht gelingen will.

„Ja, das glaube ich auch. Also, ab nach Hause und dann ab ins Bett mit dir."

„Kann ich wieder bei dir schlafen?"

Erst reagiert er nicht und ich bereue, ihn in meinem Alkoholnebel gefragt zu haben. Doch bevor ich die Frage zurückziehen kann, antwortet er schon.

„Du kannst immer bei mir schlafen, das weißt du. Du musst nicht vorher fragen."

Zu Hause mache ich mich im Bad fertig, während Sascha mein Kissen holt und in sein Zimmer bringt. Als ich ins Bett sinke, kann ich seiner Aussage von Weihnachten nur zustimmen. Sein Bett ist größer und seine Matratze deutlich bequemer als meine.

„Vielleicht sollte ich mir auch so ein Bett kaufen", murmele ich im Halbschlaf vor mich hin und kuschele mich an seine Brust. Wie oft habe ich mir gewünscht, genau das wieder zu tun, und habe mich doch nicht getraut, an seine Tür zu klopfen? Weil Freunde das schließlich nicht tun, richtig? Freunde schlafen nicht zusammen in einem Bett.

„Oder du siehst endlich ein, dass du genau hierher gehörst, zu mir", bilde ich

mir noch ein, Sascha zu hören, bevor der
Schlaf mich mit sich reißt.

Kapitel 10

Nervös trete ich von einem Bein auf das andere, als ich das *Viper* betrete. Ich kann nicht glauben, dass ich mich von Alex habe einspannen lassen, ihm zu helfen. Nicht auf die Art zumindest, auf die er meine Hilfe braucht.

Als ich die Bar betrete, bin ich mir sicher, dass mein Plan nicht aufgehen wird. Denn er steht mit Mareike, der Hochzeitsplanerin, an der Theke. Als meine Augen durch den Laden schweifen, landen sie auf Mona, die zwischen unserem Tisch in der hinteren Ecke und der Theke steht. Ihr Blick zeigt vor allem eines: Entschlossenheit. Ich bin mir sicher, was immer sie auch gerade plant, es wird seinen ganzen Plan ruinieren.

Also kämpfe ich mich zu ihr durch und falle ihr mit „Hey, da bist du ja endlich" um den Hals, um sie abzulenken. Als sie sich mir zuwendet, bin ich mir sicher, dass ich erfolgreich war. Zumindest, bis sie mich mit ihrer Frage eiskalt erwischt.

„Ist das Mareike?" Ich sehe von ihr zu Alex, versuche herauszufinden, womit ich sie ablenken kann, oder was ich ihr sagen kann, ohne zu viel zu verraten, aber sie gibt mir keine Chance. „Komm schon, raus damit, Laura. Sag mir, wer das ist. Bitte."

Ich gebe mich geschlagen. Sie ist meine beste Freundin, ich bin froh, dass wir uns wieder so gut verstehen, da kann ich sie jetzt weder anlügen, noch mit Nichtigkeiten abspeisen. Das hat sie nicht verdient und das würde unsere Freundschaft nicht über-leben, da bin ich mir sicher.

„Ja, das ist Mareike. Aber mehr werde ich dir nicht sagen. Willst du mehr wissen, musst du direkt mit ihm reden. Ich weiß, Geheimnisse sind nicht gut, aber als ich damals seine Hilfe brauchte, hat er nie-mandem gesagt, worum es ging. Und ich bin mir sicher, dass er mit dir über Mareike reden *wird*. Also vertrau darauf, dass er das tut. Vertrau ihm. Jetzt brauche ich aber eine Limo und wir *alle* wollen wissen, was aus deinem Vorstellungsgespräch geworden ist."

Es dauert noch einen Moment, doch dann gibt sie nach und wir gehen zu unserem Tisch, gesellen uns zu Viper und Ella, lassen uns von Mona alles über ihren neuen Job erzählen. Ich habe sie schon lang nicht mehr so aufgedreht erlebt, ich glaube, die Stelle ist perfekt für sie. Und ich weiß, dass sie den Job nie bekommen hätte, wäre sie nicht nach München gegangen.

Irgendwann gähne ich herzhaft und werfe einen Blick auf die Uhr. Es wird Zeit, nach Hause zu fahren und ins Bett zu gehen, damit ich morgen ausgeschlafen für die Arbeit bin.

Ich packe meinen Kram zusammen, stehe auf, um mich zu verabschieden, als Alex mir einen Blick zuwirft, der mich fragt, wie erfolgreich ich war.

Mist, ich habe geschafft, es zu verdrängen. Aber ich kann nicht gehen, ohne ihm irgendwie zu helfen, so wenig das auch sein mag. Ich muss etwas für ihn tun.

Weil ich mir sicher bin, dass Mona die Falle bei einem direkten Weg wittert, nehme ich einen kleinen Umweg. Mein Onkel möge mir verzeihen, ich werde ihn gleich morgen in meine Notlüge einweihen.

„Ach, das hätte ich beinah vergessen", fange ich also an und setze mich wieder. „Ella, du arbeitest doch in einer Werbeagentur, oder? Mein Onkel, dem der Brautladen gehört, in dem ich arbeite, will mehr Werbung machen. Er weiß aber nicht, wie er das anstellen soll. Kannst du ihm einen Termin bei euch besorgen, damit wir ausloten, was möglich ist und wie?"

„Klar, ich gebe dir direkt morgen Bescheid."

„Super, das ist wirklich lieb von dir. Wir

müssen ein bisschen Schwung in den Laden bringen. Er liegt nicht so zentral, deswegen werden wir von vielen übersehen. Und wir sind nicht großartig aktiv in den sozialen Medien. Darüber läuft ja heute aber fast alles."

„Ihr solltet auf jeden Fall Fotos von aktuellen Modellen online stellen", wirft Mona ein. Sie hat den Köder also geschluckt, was mich dankbar aufatmen lässt. „Das ist immer gut. In allen gängigen Portalen, wobei auch die Frage ist, welche Altersklasse eure Zielgruppe ist. Ich bin viel in den sozialen Medien unterwegs und schaue mir alles an. Eher im Hinblick auf Make-up, aber das ist ja ebenfalls wichtig bei Hochzeiten."

Ella lacht auf, scheint sich an ihre Hochzeit zu erinnern. „Ich weiß noch verdammt gut, wie du mich für meine erste Hochzeit aufgebrezelt hast. Das werde ich vermutlich nie vergessen."

„Das werden wir beide nie vergessen."

„Die schönste unwillige Braut der Welt. Und ganz allein mein." Viper drückt ihr einen Kuss auf die Stirn und ich seufze auf. Sowas will ich auch.

„Ich wünschte, ich wäre damals schon dabei gewesen."

„Ein denkwürdiger Tag für alle", stimmt

Mona zu und blickt zu Alex, der den Blick ebenfalls nicht von ihr abwenden kann.

Ich habe das Gefühl, dass damals noch mehr passiert sein muss, als Mona uns erzählt hat. Irgendetwas ist zwischen Alex und ihr vorgefallen. Aber vielleicht ist dies eines der Geheimnisse, das nur den beiden gehören sollte, so neugierig ich auch bin.

„Jetzt ist es aber wirklich an der Zeit, dass ich verschwinde", raffe ich mich schließlich auf und verabschiede mich.

Noch während ich den Laden verlasse, tippe ich eine Erinnerung in mein Handy. Ich muss morgen dringend mit Onkel Yasin reden. Noch bevor alles in Rauch aufgeht.

Kapitel 11

23. Februar 2018

„Onkel Yasin", rufe ich in den Laden, kaum, dass ich die Eingangstür öffne. Nachdem mich mein Wecker mit den Worten „schlechtes Gewissen im Anmarsch" weckte, muss ich direkt mit ihm reden, und nicht erst nach Feierabend beim gemeinsamen Essen, wie ich es mir eigentlich vorgenommen habe.

„Onkel Yasin, wo bist du?", werde ich noch einmal lauter, nachdem ich beim ersten Mal keine Antwort erhalten habe. Auf dem Weg nach hinten zu unserer kleinen Küche und dem Büro streife ich meinen Mantel ab.

„Hetz einen alten Mann nicht so", kommt er mir gutgelaunt mit zwei dampfenden Tassen Tee in der Hand entgegen. „Was gibt es denn so dringendes?"

„Ich muss dich um einen Gefallen bitten", sage ich ernst, während ich meine Tasche abstelle und den Mantel aufhänge. Plötzlich geht alles ganz schnell. Ich höre, wie etwas auf dem Boden zerspringt, und noch bevor ich mich zu dem Geräusch umdrehen kann, um seinen Ursprung zu finden, nimmt mein Onkel mich fest in den Arm.

„Den Sternen sei Dank", ruft er so laut, dass mir die Ohren klingeln. „Ich hatte schon Angst, dass dieser Tag niemals kommt. Komm mit, ich habe in meinem Büro schon eine Mappe vorbereitet, es ist bereits alles geplant."

„Lass mich das erst saubermachen", antworte ich und erst, als ich die letzten Reste Tee aufwische, wird mir klar, dass ich ihm noch gar nicht gesagt habe, wobei ich seine Hilfe brauche. Schnell räume ich alles auf und folge ihm in das kleine Büro, wo er mich freudig strahlend hinter seinem Schreibtisch empfängt, vor sich aufgeschlagen eine riesige Kladde, aus der unzählige Blätter herausschauen.

„Moment", beginne ich, „Warum habe ich das Gefühl, dass wir nicht über das Gleiche sprechen? Was hast du bereits geplant?"

„Setz dich erst einmal", weist er mich an und zieht einen Stuhl neben sich hervor. Ganz die brave Nichte, lasse ich mich darauf nieder. „Ich habe natürlich deine Hochzeit schon in allen Einzelheiten geplant. Ich bin froh, dass es endlich so weit ist. Habt ihr schon einen Termin festgelegt?"

„Was?" Mein Kopf hat den Wechsel zwischen der Werbeaktion als Ablenkungsmanöver für Mona und meiner eigenen

Hochzeit noch nicht geschafft. „Wen soll ich denn heiraten?"

„Na deinen Freund", antwortet er, als sei das klar. Nun ja, mir war das bis eben nicht klar. Ganz offensichtlich weiß mein Onkel mehr als ich.

„Aber ich habe gar keinen Freund, Onkel Yasin. René und ich sind seit einer Ewigkeit getrennt."

„Und was ist mit dem Mann, der bei dir eingezogen ist?"

„Sascha?" Ich bin verwirrt. „Das ist nur mein Mitbewohner."

„Ach was." Er klingt nicht überzeugt und ein wenig kann ich ihn verstehen. Ich selbst bin mir in den meisten Momenten, die Sascha und ich miteinander verbringen, nicht sicher, ob wir wirklich nur Mitbewohner und Freunde sind oder ob ich nicht doch dabei bin, mich in ihn zu verlieben. Ob es ihm wohl genauso geht? Stellt er sich die gleichen Fragen?

„Onkel Yasin", ich greife nach der Mappe und entwende sie vorsichtig seinem Klammergriff. „Ich werde nicht heiraten, deswegen habe ich dich nicht um Hilfe gebeten."

Er sieht mich enttäuscht an und beinahe habe ich ein schlechtes Gewissen. Aber eben nur beinahe.

„Aber", beginne ich und sein Gesicht leuchtet vor Vorfreude auf, „meine beste Freundin Mona wird heiraten. Zumindest ist das der Plan, sie weiß nur noch nichts davon. Der Bräutigam möchte, dass sie eines deiner Kleider trägt. Aber damit das klappt, musste ich mir eine Ausrede einfallen lassen, um sie herzulocken, damit du sie in ein Kleid bekommst."

„Was hast du getan?" Er kneift die Augen zusammen und runzelt die Stirn. Wenn er jetzt auch noch die Lippen kräuselt, habe ich verloren, dann wird er mir nicht helfen. Doch noch gebe ich nicht auf, noch habe ich eine Chance.

„Ich habe Ella gefragt, ob sie einen Termin für dich freihalten kann in der Agentur, damit du dich über die Werbemöglichkeiten informieren kannst. Das habe ich angesprochen, als Mona dabei war und sie hatte noch ein paar gute Ideen, die wir auch ohne die Agentur umsetzen können. Darum kann ich mich kümmern, wenn du nicht jemand anderen damit beauftragen willst. Jedenfalls ist klar, dass Ella irgendwann in den Laden kommen muss. Ich weiß nur noch nicht genau, wie ich Mona herbringen soll, aber das wird mir auch noch einfallen."

Er schweigt mich für eine volle Minute an, bevor er sich zurücklehnt und die Arme vor der Brust verschränkt. Das ist erstmal kein schlechtes Zeichen, aber eben auch noch keine Zustimmung.

„Am besten fängst du ganz vorn mit der Geschichte an. So verstehe ich rein gar nichts."

Also beginne ich von vorn. „Alex und Mona sind seit Jahren ineinander verliebt, aber beide sind zu halsstarrig, um endlich einen Schritt auf den anderen zuzugehen. Letztes Jahr kam Mona mit der Situation nicht mehr klar, es gab so unglaublich viele Missverständnisse zwischen den beiden, und sie ging nach München. Das weißt du ja." Er nickt mir bestätigend zu. „Alex ist in der Zeit klar geworden, dass er ohne sie nicht leben will, und er hat daher angefangen, eine Hochzeit zu organisieren. Er hat mich gebeten, ihm mit dem Brautkleid zu helfen. Ich schulde ihm mehr als einen Gefallen, also habe ich gesagt, dass ich mich darum kümmere, sie hier in den Laden zu bekommen. Ich weiß nur nicht, wie ich das machen soll. Meine erste Idee war es, Ella mit ins Boot zu holen, das habe ich gestern Abend getan. Aber ich hätte wohl zuerst mit dir reden sollen."

„Ach wo", winkt er ab. „Wir bekommen das schon hin. Mutig von ihm, sie gleich vor den Traualtar zu zerren."

Ich grinse ihn an. „Das scheint bei der

Truppe normal zu sein, bei Ella war es genauso. Nur hat dort ihre Mutter die Hochzeit organisiert, ganz ohne Bräutigam. Am Ende tauchte Viper in der Kirche auf und es ging wohl ziemlich chaotisch her."

„Aber mittlerweile sind die beiden verheiratet?"

Ich nicke. „Ja, die beiden haben geheiratet und erwarten das erste Kind."

„Nun", er reibt sich den Kinnbart. Die Geste kenne ich ebenfalls, das tut er immer, wenn er angestrengt nachdenkt. „Das wäre natürlich auch eine Idee. Aber erstmal kümmern wir uns um Mona, bevor wir deine Hochzeit in Angriff nehmen. Ich habe schon eine Idee."

Er steht auf, geht um meinen Stuhl herum und macht sich auf in die Küche, um uns frischen Tee zu kochen.

„Onkel Yasin, ich werde nicht heiraten", weise ich ihn noch einmal deutlich hin, doch er winkt nur ab.

Mir bleibt vorerst nichts anderes übrig, als nach vorn zu gehen und den Laden für die erste Braut vorzubereiten, die gleich einen Termin zur Anprobe hat.

Allerdings verfolgt mich das Gefühl, einen Fehler begangen zu haben, indem ich meinen Onkel eingeweiht habe, den ganzen Tag. Er wird Mona wunderbar helfen, aber ich werde den Eindruck nicht los, dass mir meine ganz persönliche Hölle bevorsteht.

Kapitel 12

16. März 2018

Nervös wie ein junges Reh bei seinen ersten Schritten auf offenem Feld laufe ich durch den Laden. Heute ist es so weit, heute soll Mona ihr Brautkleid finden und heute wird Alex sie fragen, ob sie ihn heiratet.

So zumindest der Plan.

Ich zweifele noch etwas an der Umsetzung, schließlich ist mein Onkel eingeweiht. Ich habe keine Bedenken, dass er das perfekte Kleid für Mona findet, aber er kann kein Geheimnis für sich behalten. Sollte er sich wirklich verplappern, ist Mona weg, noch bevor Alex den Laden betritt.

„Hast du sie schon angerufen?", fragt Onkel Yasin mich und nimmt mir das Kleid aus der Hand, das ich mittlerweile zum vierten Mal umhänge, damit es auf den Fotos besser aussieht.

Der Fotograf, der bereits vor einer halben Stunde kam und seine Ausrüstung aufgebaut hat, hat mir zwar zugesichert, dass alles perfekt aussieht, aber sicher ist sicher.

„Nein, ich schicke Ella und ihr gleich

eine Nachricht."

„Oh, Ella kommt auch?" Er lächelt mich freudig an. „Dann darf ich sie also auch endlich kennen lernen?"

„Wenn du dich benimmst." Ich grinse ihn frech an und er schüttelt gespielt empört den Kopf.

„Als wenn ICH mich jemals nicht benehmen würde."

„Stimmt, sich daneben zu benehmen ist auch ein Benehmen, da hast du natürlich recht."

„Jetzt nicht frech werden, junge Dame, sonst gibt es heute kein Abendessen. Schreib ihnen schon, ich möchte endlich loslegen."

Also gebe ich nach und tippe die Nachricht.

Ich: *Ihr müsst mir helfen! Kommt bitte direkt in den Laden!*

Ella: *Ich hole Mona ab, wir sind in zwanzig Minuten da.*

Bevor ich noch nervöser werden kann, als ich schon bin, schickt mich Onkel Yasin in die Küche, um uns einen Tee zu kochen. Mir ist bewusst, dass sein Lieblingstee nur gut wird, wenn man sich die Zeit und die Ruhe nimmt, ihn zuzubereiten. Also atme ich tief durch, während das Wasser heiß wird, und versuche, ruhiger zu werden.

Es muss einfach klappen, ich kann Alex nicht hängen lassen.

ALEX!, fällt mir siedend heiß ein. Ich habe total vergessen, ihn zu informieren, dass die Mädels gleich hier sein werden.

Ich ziehe mein Telefon aus der Tasche, beginne zu tippen, als mir einfällt, dass wir ja eine Uhrzeit verabredet hatten, zu der er hier sein sollte. Ich muss Mona nur bis dahin beschäftigen.

Ein Blick auf die Uhr verrät mir, dass die beiden jeden Moment da sein müssten, also bringe ich Onkel Yasin schnell seinen Tee, trinke einen Schluck von meinem und beziehe Stellung an der Tür. Kaum, dass ich Ella sehe, reiße ich die Tür auf und begrüße beide.

„Es ist grauenhaft, das Model ist uns in letzter Minute abgesprungen, dabei ist alles aufgebaut und der Fotograf ist da und bereit, endlich loszulegen."

„Was ist mit einem Ausweichmodel?", fragt Ella, aber ich lehne direkt ab, folge unserem halb ausgearbeiteten Skript.

„Mein Onkel hat jeden Vorschlag abgelehnt. Sie hätten alle nicht genug *Licht*, um unsere Kleider zu präsentieren, sagt er. Ich werde hier irre und brauche eure Unterstützung, bevor der Fotograf mir den Hals umdreht."

Wie geplant setzen Ella und ich uns, während Mona sich neugierig im Laden umsieht. Sie lässt sich auch nicht von dem Fotografen stören, der laut telefonierend zwischen seinen Leuchten hin und her läuft. Das gehörte nicht zum eigentlichen Plan, aber es hilft, um das Drama der Situation zu unterstreichen. Mona muss wirklich glauben, dass wir für das Werbeshooting fertig sind und nicht weitermachen können, weil das Model fehlt.

Das wird Onkel Yasin ändern. Wie von einem Choreografen geplant kommt er zu uns in den Showroom und schaltet seinen Charme wie eine Lampe ein.

„Was sehen meine müden Augen da für eine Schönheit leuchten", bezirzt er Mona und nimmt ihre Hände in seine. Gewiefter Kerl, die meisten Bräute mögen es, so umgarnt zu werden. „Sag, wer ist diese erlesene Blume?"

„Onkel Yasin, das ist meine Freundin Mona, und hier auf dem Sofa ist Ella. Ich habe dir von den beiden erzählt", stelle ich sie vor.

„Richtig, richtig", murmelt er und nimmt Mona genauer unter die Lupe. Damit fällt er in seine Lebensrolle, den Brautausstatter. Ich bin sicher, er hat bereits eine Idee, was er ihr anziehen will. „Ich glaube, wir haben eine Lösung gefunden."

„Was für eine Lösung?" Mona ist ihre Skepsis deutlich anzuhören. Jetzt kommt es drauf an. Jetzt muss Onkel Yasin zeigen, wie viel Charme er wirklich hat.

„Nun, mein Kind, wir brauchen ein Model. Und ich wage zu behaupten, dass wir eines gefunden haben. Du hast doch heute noch nichts vor, oder?"

Er setzt seinen besten Onkel-Blick auf, von allen in unserer Familie gefürchtet. Der Blick ist wie das unschuldige „bitte bitte" eines kleinen Kindes, enthält aber gleichzeitig den deutlichen Befehl, ihm nur ja nicht zu widersprechen. Ich bin jedes Mal wieder erstaunt, wie er das schafft, wenn ich Opfer dieses Blickes werde. Und ich bin froh, heute nicht in seinem Fokus zu stehen.

„Ähm, ehrlich gesagt bin ich nur hier, um Laura Beistand zu leisten."

„Aber Kindchen, das kannst du doch, indem wir dich als Model nehmen. Hopp, wir finden das passende Kleid für dich."

„Wirklich, ich ...", versucht Mona noch einmal, sich zu retten, aber sie hat bereits verloren.

„Du wirst doch Zeit haben für ein oder zwei Fotos und damit deinem alten Onkel Yasin helfen, oder?"

Ihren hilfesuchenden Blick zu uns ignorieren Ella und ich lächelnd. Wir haben
Schritt zwei erfolgreich geschafft.

„Versuch gar nicht erst, ihm zu widersprechen." Ich stehe auf, gehe zu ihr und
nehme sie an die Hand, führe sie zu den
ersten Kleidern. „Wenn Onkel Yasin etwas
will, dann bekommt Onkel Yasin das auch.
Manchmal glaube ich, dass das Kaufhaus
nur pleite gegangen ist, weil er wollte, dass
ich für ihn arbeite."

„So weit reicht meine Macht nicht", lacht
er. „Los jetzt, dein Onkel Yasin findet dir das
schönste Brautkleid der Welt, Mona."

„Ich bin doch gar nicht Ihre Nichte!" Ein
letztes Aufbäumen von ihr, um der Situation
zu entkommen, aber sowohl Onkel Yasin als
auch ich lächeln nur.

Aus der Nummer kommt sie nicht mehr
raus.

Unsicher sehe ich auf die Uhr. Alex sollte
längst hier sein, und ich habe keine Nachricht erhalten, dass er sich verspätet. Also
steigt meine Nervosität und auch Ella steht
immer wieder auf und geht zur Tür, um
nach ihm Ausschau zu halten.

Ebenso oft habe ich sie gebeten, sitzen
zu bleiben, immerhin ist sie schwanger und
man sieht ihr ihren Bauch schon deutlich

an. Aber sie wollte nicht. Ich fürchte, wenn Alex nicht bald herkommt, wird sie ihn persönlich abholen.

Was vielleicht nicht so verkehrt wäre. Mona steigt gerade in der Umkleide in das achte Kleid und mittlerweile hat sie keine Lust mehr. Ich kann sie verstehen. Es geht ja nicht nur einfach darum, ein Kleid anzuziehen, sie muss sich auch jedes Mal Onkel Yasin stellen, der immer etwas auszusetzen hat.

Am liebsten hätte ich ihm schon gesagt, dass er doch das perfekte Kleid kennt und es ihr endlich geben soll, aber damit würde ich verraten, dass das hier mehr ist als der Hilfseinsatz für ein verpatztes Werbeshooting.

Als sie jetzt zu uns kommt, bleibt mein Herz einen Moment stehen. Sie trägt nicht wieder einfach ein Kleid, sie trägt DAS Kleid. Sie trägt das Kleid, das aus ihr eine Braut macht. Onkel Yasin hat wieder seinen Zauber gewirkt.

Ich höre nicht, was Onkel Yasin zu Mona sagt, aber sie hat Tränen in den Augen, als sie in den Spiegel blickt. Auch ihr scheint bewusst zu sein, dass sie das perfekte Kleid gefunden hat.

Und genau in diesem Moment betritt Alex den Laden.

Perfekter hätte das Timing nicht sein können.

Ella und ich halten uns an den Händen, während er mit Mona spricht, und wir haben Angst, den Moment zu stören, wollen aber auch nichts verpassen. Ich war noch nie so aufgeregt wie jetzt, dabei geht es nicht um mich, sondern um meine beste Freundin. Was nur umso mehr zeigt, wie wichtig mir ihr Glück ist.

Als Alex geht, sind wir sofort bei Mona und nehmen sie in den Arm, als sie leicht schwankt. Sie braucht unsere Unterstützung und wir geben sie ihr gern.

„Du wirst ihn heiraten, oder?", bricht Ella als Erste das Schweigen.

„Ich habe keine Ahnung", antwortet Mona nach einer Weile. Und beschließt dann, dass wir den Abend im *Viper* beenden sollten.

Kapitel 13

14. April 2018

Wir drei Mädels befinden uns in Ellas Schlafzimmer und machen uns für die Hochzeit fertig. Wenn sie denn stattfindet. Mona hat immer noch nicht mit der Sprache rausgerückt, ob sie Alex wirklich heiraten wird oder nicht. Wobei wir es als gutes Zeichen werten, dass sie sich von mir ins Brautkleid helfen lässt und scheinbar gewillt ist, den Weg in die Kirche anzutreten.

Je öfter ich mit Mona über die Hochzeit gesprochen habe, umso weniger schien sie sich entscheiden zu können, was sie will. Ich hoffe nur für sie, dass der Tag nicht in einer Katastrophe endet. Weder für sie noch für Alex.

Ellas Mutter begleitet mich auf dem Weg in die Kirche, was mich im ersten Moment wundert, bis mir einfällt, dass sie für Ella ja auch einen Pfarrer organisiert hat. Wir brauchen schließlich einen Pfarrer, der eingeweiht ist in den Plan, eine Frau zu verheiraten, die sich noch nicht sicher ist, ob sie das Richtige tut. Und wer wäre dazu besser geeignet als Pfarrer Jahns, der schon Ella unter die Haube gebracht hat? Wenn auch nicht auf unbedingt legalem Weg, aber gelohnt hat es sich auf jeden Fall für sie und Viper.

Vor der Kirche angekommen, zwinkert Sascha mir zu, der in einen Anzug gekleidet neben Viper steht. Ich habe ihn noch nie im Anzug gesehen und bin für einen Moment wie erstarrt. Er sieht gut aus, sehr viel besser, als ich es mir vorgestellt habe. Jetzt verstehe ich noch weniger, warum er um den Anzug so ein Geheimnis gemacht hat und ich ihn auf keinen Fall sehen durfte.

Irgendwann stupst Ella mich an, um mir zu bedeuten, dass es losgeht. Ich bin verwirrt, als Sascha neben mir steht und mir seinen Arm reicht, denn so war das nicht besprochen. Ella und ich sollten allein vorgehen, Viper sollte bereits drinnen bei Alex stehen und Sascha als ihr bester Freund sollte Mona zum Altar führen.

„Ellas Vater führt Mona zum Altar", klärt mich Sascha auf. „Als er heute Morgen erfahren hat, dass ich das machen sollte, weil es keinen Brautvater gibt, hat er direkt entschieden, dass das so nicht geht. Wenn er schon da ist, dann wird er Mona für einen Tag adoptieren, hat er gemeint. Und verrate es bitte niemandem, aber er sagte auch, dass er immerhin schon Erfahrung damit hat, eine unwillige Braut vor den Altar und unter die Haube zu bekommen."

Ich muss lachen, weil es zu dem passt, was Ella über ihre eigene Hochzeit und das Mitwirken ihres Vaters erzählt hat. Wenn ich so darüber nachdenke, hat er wahrscheinlich recht. Vermutlich würde Sascha nachgeben, wenn Mona umdrehen wollte, doch Herr Hansen wird das aller Wahrscheinlichkeit nach nicht tun. Mona wird also bei Alex ankommen, ob sie will oder nicht. Und wenn sie erstmal vor ihm steht, wird sie wohl kaum nein sagen.

Hoffe ich zumindest.

Oh, wie ich mich doch irren konnte. Es wäre ja auch zu einfach gewesen, wäre Mona einfach zum Altar geschritten, hinter Sascha und mir und dem zweiten Paar, Viper und Ella, aber so einfach konnte es natürlich nicht laufen.

Im Nachhinein kann ich darüber nur den Kopf schütteln und ich glaube, wir werden noch eine ganze Weile darüber reden, wie der heutige Tag gelaufen ist. Nicht nur in unserer Gruppe, sondern auch meine Familie wird lange kein anderes Gesprächsthema haben.

Immerhin hat Onkel Yasin die ganze Familie mitgebracht. Vielleicht hatte er die Befürchtung, die Kirche wäre sonst leer geblieben, was aber völlig unbegründet war. Alex hat jeden eingeladen, der Mona am Herzen liegt und alle Menschen, mit denen sie regelmäßig zu tun hat. Und damit waren die Bänke bis auf den letzten Platz belegt.

Jetzt hier, auf der kleinen Feier im Anschluss, sind allerdings nur die wichtigsten Menschen eingeladen. Die Menge ist überschaubar, das *Viper*, das deswegen extra geschlossen hat, ist nicht einmal zur Hälfte gefüllt.

So hat man die Chance, sich mit den anderen Gästen bekannt zu machen und in Ruhe zu unterhalten.

Genau deswegen komme ich in den Genuss, endlich Only kennen zu lernen.

„Mona hat uns so unglaublich viel von dir erzählt, ich konnte kaum abwarten, dich endlich zu treffen." Ich strahle von einem Ohr zum anderen und würde Only am liebsten nie wieder gehen lassen.

„Jetzt lernst du mich ja kennen und ich euch alle ebenso. Mona hat sich ziemlich bedeckt gehalten, was Hamburg angeht, wenn ich ehrlich bin."

„Das wundert mich nicht", schaltet sich Sascha ein und legt den Arm um meine Schulter. Only lächelt nur und zwinkert ihm zu. Irgendetwas verpasse ich hier gerade. Aber bevor ich Sascha fragen kann, taucht mein Onkel an unserem Tisch auf.

„So, wessen Hochzeit planen wir als nächstes?", fragt er und ich kann nur stöhnend den Kopf in den Nacken legen.

„Jedenfalls nicht meine", antworte ich, aber da hat er schon Only entdeckt und legt den Kopf schief. Oh oh.

„Also, wir beide kennen uns noch nicht. Ich bin Yasin, Lauras Onkel. Und der von Mona. Der von Sascha auch, wenn er sich nicht zu benehmen weiß, wobei das mit der Hochzeit der beiden dann schwieriger wird, Gesetze und so. Aber dich könnte ich vielleicht auch noch adoptieren, in meiner Familie ist noch Platz."

„Yasin, lass das!", weist meine Tante ihn zurecht, die wie aus dem Nichts neben ihm auftaucht. „Zwing nicht alle Menschen in unsere Familie, wenn du sie kennenlernst. Es gibt Menschen, die suchen sich ihre Familie gern selbst aus. Oder noch besser: sie sind mit ihrer eigenen zufrieden und wollen keine neue!"

„Ach was", antwortet mein Onkel und lässt seinen Blick fest auf Only gerichtet. „Du siehst aus, als könntest du eine Familie brauchen. Ich sehe sowas. So, wie ich bei einer Frau immer sehe, welches Kleid sie zu einer Braut macht. Bei dir frage ich mich nur, ob ich aus dir eine Braut oder einen Bräutigam machen soll."

Only sagt nichts und ich befürchte schon, dass mein Onkel zu weit gegangen ist, als ich sehe, wie ein strahlendes Lächeln Onlys Gesicht erhellt.

„Also, ich bin damit zufrieden, weder das Eine, noch das Andere zu sein. Ich bin ich, niemand sonst. Und dazu gehört, dass ich weder Mann, noch Frau bin. Ich bin einfach – Only."

„Damit kann ich leben." Mein Onkel nickt und überrascht mich sehr mit seiner nächsten Frage. Ich wusste, dass er aufgeschlossen ist, aber nicht, dass er so informiert ist. „Bevorzugtes Personalpronomen? Wenn ich meiner Schwester von dir erzähle, will ich nichts falsches sagen."

„They und their, ich mag die englische Variante am liebsten", sagt Only und ich fühle mich erleichtert. Ich hatte in meinem Kopf ein Problem mit sie/er, war aber selbst nicht mutig genug, um zu fragen. Schließlich wollte ich nicht indiskret sein, Only nicht zu nahe treten. Aber vielleicht ist Offenheit in dem Punkt genau das Richtige. So, wie mein Onkel es mir gerade vorgemacht hat.

Unsere Unterhaltung plätschert vor sich hin, bis fast alle Gäste gegangen sind. Auch Only musste sich zwischenzeitlich verabschieden, um den Zug nach München noch zu erwischen, und Alex hat Mona schon vor einer ganzen Weile entführt.

Als Ella herzhaft gähnt, erklärt Viper die Feier für beendet und bittet auch die letzten Gäste, zu gehen. Sascha und ich bleiben noch, um beim Aufräumen zu helfen. Als wir den Laden verlassen, stelle ich erstaunt fest, dass es noch hell ist.

„Ich dachte, es sei schon später." Ich merke selbst, wie ich nuschele, und kann mich nicht mehr wirklich auf den Beinen halten. Vielleicht hatte ich doch ein Glas Sekt zu viel heute früh, als ich Mona in ihr Kleid geholfen habe. Ich konnte sie schließlich nicht allein trinken lassen.

„Nein, es ist noch recht früh", antwortet Sascha und legt mir einen Arm um die Taille, um mich zu stützen. „Aber ich denke, wir schaffen dich jetzt schon ins Bett, damit du deinen Rausch ausschlafen kannst."

„Aber ich will nicht allein schlafen." Ich merke erst, dass ich das laut ausgesprochen habe, als Sascha stehen bleibt und mich mit ernstem Gesichtsausdruck ansieht.

„Du musst auch nicht allein schlafen, das weißt du. In meinem Bett ist immer die eine Hälfte für dich frei. Das habe ich dir schon einmal gesagt und es wird Zeit, dass du das glaubst und nutzt."

„Okay", gebe ich mich leise geschlagen und freue mich darauf, heute wieder in seinem Bett zu schlafen. Natürlich nur, weil es bequemer ist, versuche ich mir einzureden und mich damit selbst zu belügen.

Wir gehen weiter, spazieren langsam nach Hause und unterhalten uns über dies und das. Ich freue mich, dass der Tag so wunderbar endet, bis wir vor unserem Haus ankommen. Mit einem Mal ist alle Freude dahin.

„Oh nein!"

Sascha sieht mich verwirrt an, als ich mich keinen Schritt auf die Tür zubewege, sondern die Beine fest in den Boden stemme.

„Was ist los?"

„Nein nein nein! Das darf nicht wahr sein, nicht heute, nicht ausgerechnet heute!"

„Laura, was ist los?" Er stellt sich vor mich, greift nach meinen Schultern und sieht mich aufmerksam an. „Rede mit mir!"

„Bitte, nicht ausgerechnet heute", jammere ich weiter und zeige an ihm vorbei auf die Treppe, die zu unserer Haustür führt.

„Was ist da?", fragt er und entdeckt dann, worauf ich zeige. „Was ist damit? Das ist doch nur ein Dreirad."

„Nein!", rufe ich laut. „Oh nein, das ist nicht einfach *nur* ein Dreirad! Das ist eine Drohung!" Wild fuchtelnd zeige ich immer noch anklagend auf das nur auf den ersten Blick unschuldige Dreirad.

Er sieht mich an, als sei ich verrückt geworden und ein bisschen kann ich ihn verstehen. Er weiß nicht, was dieses Dreirad bedeutet, wofür es wirklich steht.

„Bedroht dich jemand? Schickt dir René Drohungen? Sollen wir die Polizei rufen?"

„Nein, das ist nicht von René, das ist viel *schlimmer*."

Er lässt meine Schultern los, dreht sich zu dem Dreirad um, mustert es eine Weile und sieht dann wieder mich an.

„Laura, ich mag dich wirklich und ich finde viele deiner Macken absolut liebenswert."

„Ich habe keine Macken!", unterbreche ich ihn, doch er legt mir einen Finger auf die Lippen, um mich zum Schweigen zu bringen.

„Du hast fast zwanzig verschiedene Sorten Tee, die du nach Geschmack sortierst. Ich finde schon, dass das eine Macke ist. Aber darum geht es jetzt nicht. Ich würde jetzt liebend gern erfahren, wer dir mit dem Dreirad eine Drohung schickt."

„Die Trampenkel."

Okay, so wie er mich gerade ansieht, muss er mich für total bescheuert halten. Und als würde er überlegen, ob ich professionelle Hilfe brauche. In meinem Kopf formt sich bereits der Plan, wegzulaufen, sollte er jetzt sein Telefon in die Hand nehmen und den Notarzt rufen, da unterbricht seine Hand auf meiner Stirn meine rasenden Gedanken.

„Du hast scheinbar kein Fieber. Und auch wenn ich nicht weiß, wie viel du heute Morgen bei Ella getrunken hast, so betrunken kannst du nicht sein, immerhin hattest du vorhin nur ein Glas Sekt und keinen weiteren Alkohol. Was sind jetzt schon wieder Trampenkel?"

Ich bin stolz auf ihn, weil er das Wort korrekt ausgesprochen hat, aber er scheint mein Lächeln misszuverstehen, weil er die Stirn runzelt.

„Du kannst das Wort", lobe ich ihn also, was ihn nur dazu bringt, tief durchzuatmen.

„Ja, ich kann das Wort. Aber das sagt mir immer noch nicht, was du damit meinst."

„Wen."

„Wie, wen?" Er runzelt die Stirn noch mehr und ich beeile mich, es endlich richtig zu erklären, bevor er die Geduld mit mir verliert.

„Frau Leitner aus der Wohnung über uns hat Enkel, die immer mal wieder zu Besuch sind und leider auch gern über Nacht bleiben."

„Und was ist an Kindern jetzt schlimm?"

„Nichts", gebe ich zu. „Kinder sind toll, ich hätte später gern selbst Kinder. Willst du Kinder?"

„Laura, das ist jetzt nicht das Thema", bringt er mich wieder auf Kurs.

„Oh, stimmt. Also, Kinder sind nicht schlimm, Enkel auch nicht. Aber DIESE Enkel sind eine ganz andere Nummer. Die sind lieb und nett, solang sie nicht da sind, aber wenn sie da sind, trampeln sie nur noch durch die Wohnung. Die ganze Zeit. Am liebsten mitten in der Nacht. Sie sind laut, schreien durch die Gegend und trampeln wie eine Horde Elefanten. Also Trampenkel."

„Trampelnde Enkel", stellt er die Überleitung her. „Und dass sie heute da sind, weißt du, weil vor der Tür ein Dreirad steht?"

„Richtig", bestätige ich ihm nickend. „Das ist das erste Zeichen, dass sie das Haus auseinandernehmen, sobald ich zur Tür reinkomme. Und ich will das nicht, der Tag war bisher so schön und ich will heute Nacht ruhig schlafen können. Ich will keine Trampenkel im Haus."

Er nimmt mich in den Arm, tröstet mich einige Minuten und führt mich dann zur Tür.

„Was hältst du davon, wenn du dir einen beruhigenden Tee kochst, ein heißes Entspannungsbad nimmst und ich kümmere mich darum, dass die Trampenkel heute Nacht schlafen?"

„Und wie willst du das anstellen?", frage ich ihn, lasse mich aber bereitwillig in die Küche bis zu meinem Teeregal schieben.

„Das lass mal meine Sorge sein. Geh baden und wenn du fertig bist, gehst du in mein Bett." Er gibt mir einen Kuss auf die Stirn und wenige Sekunden später höre ich, wie sich die Wohnungstür wieder schließt.

Ich würde ihm am liebsten folgen, aber die Idee mit der Badewanne klingt verlockender. Also mache ich mir einen Tee, noch ein Glas mit Johannisbeerschorle, weil ich plötzlich irrsinnig Lust darauf habe, und lasse mir ein Bad ein.

Während das Wasser einläuft und ich mich ausziehe, höre ich Getrampel auf der Treppe und spüre, wie Tränen in mir aufsteigen. Ich kämpfe sie nieder, suche meine Kopfhörer, schalte meine Lieblingsmusik ein und genieße das Bad, bis ich irgendwann müde werde und es beende.

In meinem Schlafzimmer steige ich in meinen liebsten Pyjama und überlege, ob ich mich nicht besser in mein Bett legen sollte. Auf der anderen Seite habe ich Sascha versprochen, dass ich nicht mehr allein schlafen werde, wenn ich das nicht will. Und ich will heute nicht allein sein, ich brauche heute jemanden, der mich in den Arm nimmt. Der mir das Gefühl gibt, dass auch ich irgendwann mein Happy End bekommen werde.

Also schnappe ich mir mein Kissen und mache mich auf den Weg in sein Zimmer.

Der Raum ist noch durchflutet von Sonnenlicht und weil ich so nicht schlafen kann, will ich den Rollladen schließen, werfe dabei einen Blick in den Garten. Und kann kaum glauben, was ich da sehe.

Sascha spielt im Garten Fußball mit den Trampenkeln!

Eine Weile sehe ich ihm zu, bis ich die erste Freudenträne bemerke, die über meine Wange rinnt.

Ich wische sie fort, schließe den Rollladen und kuschele mich in sein Bett, tausche mein Kissen gegen seines ein, damit ich seinen Duft tief einatmen kann. Es mag verrückt klingen, aber sein Geruch beruhigt mich. Meine Lider werden immer schwerer und irgendwann versinke ich im Schlaf.

Das Bett unter mir bewegt sich und ich schlage die Augen auf. Im Raum ist es dunkler als vorhin, als ich ins Bett gegangen bin, daher kann ich nicht erkennen, was mich geweckt hat. Ich bekomme Angst, mein Herz beginnt schneller zu schlagen, bevor mich Saschas Stimme wieder beruhigt und er mich in den Arm nimmt.

„Schläft es sich gut auf meinem Kissen?" Er lacht und meine Mundwinkel bewegen sich wie automatisch nach oben.

„Es schläft sich wunderbar auf deinem Kissen, deswegen habe ich beschlossen, dass es jetzt mein Kissen ist, wenn ich hier bin."

„Also muss ich mir ein neues Kissen besorgen, weil du jetzt für immer hier schlafen wirst?"

Mein Herz setzt einen Schlag aus. Meint er das ernst? Was soll ich darauf antworten? Was will er von mir hören?

„Du hast mit den Trampenkeln gespielt", wechsle ich schließlich das Thema, weil ich keine Antwort auf seine Frage geben kann.

„Ja, ich war oben und habe Frau Leitner angeboten, mit den beiden nach draußen zu gehen, weil sie wirklich sehr laut waren. Sie hat wohl seit einer Weile Probleme mit der Hüfte und kann die Treppen schlecht laufen, daher kann sie selbst nicht mit den Jungs raus. Sie hat sich unglaublich gefreut, dass ich die beiden mitgenommen habe und sich mit einem riesigen Stück Schokokuchen bedankt."

„Du hast Schokokuchen gegessen?" In der nächsten Sekunde sitze ich aufrecht im Bett und Sascha zieht mich lachend wieder zurück an seine Brust.

„Nein, ich habe Kuchen bekommen, weil ich mit zwei Plagegeistern getobt habe, damit du ruhig schlafen kannst. Und ich habe den Kuchen in den Kühlschrank gestellt, damit du ihn morgen früh zum Frühstück essen kannst."

Mein Herz legt einen Salto hin und ich weiß, dass dies der Moment ist, in dem ich mich vollends in Sascha verliebe. Mein Herz ist an ihn verloren.

„Danke", hauche ich an seiner Brust und kann die Tränen nicht zurückhalten, die auf sein Shirt tropfen. „Niemand hat das je für mich getan", bringe ich schließlich hervor und er zieht mich nur noch enger an seine Brust, hält mich fest im Arm.

„Weil sie nicht ich waren, Mäuselchen."

Darauf kann ich nicht antworten, ich weine leise an seiner Brust und merke, wie mich der Schlaf nach und nach wieder einholt.

Kurz, bevor ich mich ergebe und ganz weg bin, höre ich noch, wie er „Und irgendwann wirst du sehen, dass wir beide füreinander geschaffen sind" flüstert. Aber bevor ich reagieren kann, hat mich das Traumland schon in fester Hand und ich bin mir nicht sicher, ob ich das nicht vielleicht doch geträumt habe.

Kapitel 14

04. Mai 2018

Unbekannte Nummer: Können wir reden? Ich will dich zurück. Ich habe mich von meiner Frau getrennt.

Ich starre mein Telefon an und bin unfähig, mich zu bewegen. Meine Tante schiebt mich schließlich ein Stück zur Seite, um an den Kühlschrank in ihrer Küche zu kommen.

„Ist alles okay?", fragt sie mich, nachdem sie die Kühlschranktür wieder geschlossen hat.

Ich brauche noch einen Moment, bevor ich ihr antworten kann.

„Ich glaube, das ist René. Er will mit mir sprechen."

„Willst du das denn?" Tante Sibel sieht mich aufmerksam an und ich schüttele den Kopf, ohne mich bewusst dafür zu entscheiden.

„Nein, auf keinen Fall. Ich bin durch mit ihm, ich brauche das nicht aufgewärmt. Er hat mich genug verletzt."

„Gute Entscheidung." Sie nickt mir zu und geht dann zur Tagesordnung über, als sei nichts gewesen. „Kannst du bitte noch die Baklava fertig machen?"

Ich lächele sie an und stürze mich in die Arbeit. Ich liebe es, wie meine Gedanken sich verlieren, während ich ihr im Restaurant helfe. Es ist nicht so, als würde mich die Arbeit im Brautladen meines Onkels nicht auslasten. Aber Kochen und Backen beruhigen mich, schaffen einen Ausgleich, wenn ich einen anstrengenden Tag hatte.

Und weil weder meine frühere Mitbewohnerin noch René sonderlich mochten, was ich geschaffen habe, bin ich irgendwann dazu übergegangen, meiner Tante nicht nur am Wochenende, sondern auch unter der Woche zu helfen. Sie freut sich über die Hilfe und ich bin froh, ihr so etwas dafür zurückgeben zu können, dass sie und Onkel Yasin mich als Teenager bei sich aufgenommen haben, damit ich in Deutschland bleiben konnte, als meine Mutter zurück in die Türkei gehen wollte. Ich habe ihnen so viel zu verdanken und nutze jede Chance, um das zu zeigen.

Als die Baklava fertig ist, drückt Sibel mir meine Jacke in die Hand und reicht mir wie fast jeden Tag eine Tasche mit allerlei gefüllten Dosen.

Noch ein Vorteil daran, jeden Abend in ihrem Restaurant zu sein, ist natürlich, dass ich jeden Tag frisches Essen mit nach Hause bekomme und nicht mehr kochen muss. Ich muss es nur noch warm machen und kann es genießen.

„Danke", sage ich und umarme sie zum Abschied.

„Jetzt hol deinen Mann ab und macht es euch zu Hause gemütlich."

Erst, als ich vor dem *Viper* aus dem Bus steige, wo Sascha schon auf mich wartet, wird mir bewusst, dass ich ihr nicht widersprochen habe. Ich habe direkt an Sascha gedacht, als sie „mein Mann" sagte.

„Was ist los?", fragt er mich, als ich vor ihm zum stehen komme, und streicht mit seinen Fingern über die Falten auf meiner gerunzelten Stirn.

„Ach, meine Tante hat etwas Seltsames gesagt. Und ich glaube, René hat sich heute gemeldet. Gehen wir zu Fuß? Ich brauche Bewegung."

Er nickt, nimmt mir die Tasche ab, und wir gehen schweigend nebeneinander, bis er nach einer Weile nach dem Inhalt der Nachricht fragt. Statt sie ihm vorzulesen, reiche ich ihm mein Telefon und lasse ihn selbst lesen.

Erst nach mehreren Metern gibt er mir das Handy zurück.

„Was wirst du ihm antworten?"

„Nichts", antworte ich, ohne zu zögern. „Ich will ihn weder sehen, noch will ich mit ihm reden. Ich bin fertig mit ihm."

„Seine Sachen stehen noch in deiner Garage", erinnert er mich. Das hatte ich tatsächlich bereits verdrängt. „Das ist vielleicht deine Chance, dass er sie endlich abholt."

„Musst du immer recht haben?", versuche ich die Stimmung mit einem Scherz aufzulockern, was mir nur mäßig gelingt. Sascha bleibt den ganzen Weg nach Hause wortkarg.

Ich beginne von den Bräuten zu erzählen, die ich heute beraten habe, werde aber das Gefühl nicht los, dass er mir nicht richtig zuhört. Also stelle auch ich nach einer Weile das Reden ein und wir gehen schweigend nebeneinander her.

Vor der Haustür reicht er mir meine Tasche zurück und sagt nur: „Ich kümmere mich darum."

Weil ich nicht verstehe, was er meint und ihn fragend ansehe, zeigt er hinter mich und erst, als ich mich umdrehe, um zu sehen, was er meint, entdecke ich das Dreirad.

„Oh", ist alles, was ich noch sagen kann, da öffnet er auch schon die Tür und sprintet nach oben. „So viel zu einem ruhigen Abend zusammen", murmele ich vor mich hin und begebe mich in unsere Wohnung.

Weil ich nichts anderes mit mir anzufangen weiß, schalte ich Wäsche ein, mache mir etwas zu essen, stelle den Rest in den Kühlschrank und setze mich schließlich auf die Couch, um einen Film zu schauen.

Immer wieder blicke ich auf die Uhr, frage mich, was er so lange mit den Trampenkeln anstellt, warum er nicht nach Hause kommt, und beschließe irgendwann, dass ich schlafen gehen sollte.

Als ich im Bad fertig bin, stehe ich unschlüssig im Flur. Seit Wochen habe ich jede Nacht bei Sascha geschlafen, habe gar nicht mehr darüber nachgedacht, wieder in mein eigenes Bett zu gehen. Aber wenn er mir jetzt so offensichtlich aus dem Weg geht, dann sollte ich ihm vielleicht seinen Freiraum lassen. Und wenn er doch zusammen in einem Bett schlafen will, kann er ja auch zu mir kommen, beschließe ich. Also hole ich mein Kissen aus seinem Bett und krieche in meines.

Viel zu lang wälze ich mich von einer Seite auf die andere, finde nicht in den

Schlaf. Ich bin schon kurz davor, doch in sein Bett zu wechseln, als ich höre, wie er die Wohnung betritt.

Mit angehaltenem Atem lausche ich, wie er sich durch die Wohnung bewegt. In die Küche, ins Badezimmer und schließlich höre ich seine Zimmertür quietschen, die wir endlich ölen sollten.

Gespannt warte ich, bin mir sicher, dass er nur sein Kissen holt und dann zu mir ins Bett kommt. Oder dass er herkommt, um mich in sein Zimmer zu holen.

Als sich auch nach mehreren Minuten nichts tut, spüre ich die ersten Tränen über meine Wangen laufen. So sehr ich mich anstrenge, ich kann sie nicht aufhalten. Also vergrabe ich meinen Kopf im Kissen, damit er mein Weinen nicht hört. Doch ich bin sicher, dass ich nicht so leise bin, wie ich gern wäre.

Und dennoch: von Sascha keine Spur.

Kapitel 15

05. Mai 2018

Meine Augen fühlen sich geschwollen an, als ich morgens versuche, sie zu öffnen. Nicht nur das, ich sehe die ersten Minuten alles verschwommen. Die wenige Zeit, die ich Schlaf fand letzte Nacht, scheine ich ebenfalls geweint zu haben.

Ich sehe auf die Seite neben mir und hoffe, Sascha dort zu finden. Aber das Bett ist leer, wirkt unberührt. In dem verzweifelten Versuch, nicht wieder zu weinen, kneife ich die Augen zusammen und beschließe nach einer Weile, dass es Zeit ist aufzustehen und zu duschen. Eine Dusche wird es schon richten.

Ein Blick in den Spiegel zeigt mir jedoch, dass eine Dusche allein nicht helfen wird. Meine Augen sind geschwollen, ich habe dunkle Ringe unter ihnen und bin unglaublich blass, mein Teint ist sogar leicht gräulich.

„Oh man."

Man sieht mir deutlich an, dass die Nacht alles andere als gut war. Trotzdem steige ich voller Hoffnung in die Dusche, brause mich kalt ab, um die Müdigkeit und gröbste Schwellung um die Augen zu vertreiben, und wärme mich dann mit heißem Wasser wieder auf.

Danach fühle ich mich besser und sehe zum Glück auch etwas besser aus, wenn auch nicht viel. Also hole ich mein Make-up aus dem Schrank und wünsche mir nicht zum ersten Mal, das gleiche Talent wie Mona zu besitzen und mit ein wenig Abdeckstift, Creme und Rouge einen lebendigen, frischen und gesunden Menschen aus mir machen zu können.

Stattdessen schaffe ich es nur, mir wieder einen normalen Teint zu verpassen und die Augenringe abzudecken. Gegen die Schwellung ist aber selbst der beste Concealer machtlos, wie ich leider feststellen muss.

„Hilft ja alles nichts", murmele ich vor mich hin, straffe die Schultern und bin bereit, dem Tag die Stirn zu bieten.

Nur kommt meine Stirn nicht weit, sondern stößt schon beim Verlassen des Badezimmers gegen einen festen Oberkörper. Saschas Brust, wie mir schon nach wenigen Sekunden klar wird, erkenne ich doch seinen Geruch sofort wieder.

„Tut mir leid", entschuldige ich mich und will ihm ausweichen, doch er greift sanft nach meinem Arm und hält mich an Ort und Stelle.

„Ist alles in Ordnung?", fragt er und ich kann ihn nur ungläubig ansehen. Noch nie habe ich so sehr den Wunsch verspürt, jemanden entweder zu schütteln oder ihm eine Ohrfeige zu verpassen wie in diesem Moment.

Wie kann er es wagen, mich zu fragen, ob alles okay ist, nachdem er mich heute Nacht allein gelassen hat? Dass ich mich bewusst entschieden habe, in mein eigenes Bett zu gehen, spielt dabei keine Rolle. Er hätte mir ja folgen können!

„Wird schon wieder", sage ich schließlich, um ihn weder anzuschreien, noch zu lügen. „Ich brauche einen Tee, willst du auch einen?"

Tee ist gut, Tee ist unverfänglich, Tee passt in jeder Situation.

„Ich habe dir schon einen gemacht, als du die Dusche abgeschaltet hast", flüstert er, aber er hätte genauso gut schreien können.

„Warum?", frage ich fassungslos.

„Wie, warum?"

Zum ersten Mal hebe ich den Blick und sehe ihn an. Sascha ist blass, hat dunkle Schatten unter den Augen. Im Grunde genommen sieht er wie die männliche Version meiner selbst aus.

„Ja, warum hast du mir Tee gemacht?"

„Weil du jeden Morgen Tee trinkst", antwortet er und runzelt die Stirn. „Ist das ein Problem?"

„Nein, aber warum machst du mir Tee, nachdem du mich gestern Nacht allein gelassen hast?"

Er öffnet den Mund, sagt aber nichts. Eine Weile starrt er mich nur an, bevor er den Kopf schüttelt.

„Schreib René, dass er sein Zeug abholen kann. Ich bin heute zu Hause, ich habe meine Schicht getauscht. Es sei denn, du willst nicht, dass ich hier bin?"

Seine Frage verwirrt mich, aber ich schüttele den Kopf und er redet weiter, bevor ich nachfragen kann.

„Gut, also bin ich da. Und jetzt geh deinen Tee trinken, ich gehe eben eine Runde laufen. Ich bin in zwei Stunden wieder da."

Und schon ist aus der Tür, lässt mich mit mehr Fragen als Antworten zurück. Am liebsten würde ich ihm folgen, aber da ich weiß, in welchem Tempo er läuft, spare ich mir eine Verfolgungsjagd. Das schaffe ich selbst an guten Tagen nicht, heute erst recht nicht.

Nachdem ich René geschrieben habe, versucht er mich anzurufen, doch ich gehe nicht ans Telefon. Ich will nicht mit ihm reden, erst recht nicht, wenn ich allein bin und niemanden zur Unterstützung bei mir habe.

Wie auf heißen Kohlen sitze ich auf der Couch, trinke die mittlerweile dritte Tasse Tee und sehe immer wieder auf die Uhr, darauf wartend, dass Sascha wieder nach Hause kommt. Ich glaube, wir sollten über gestern reden und überhaupt über die ganze Situation zwischen uns. So kann es nicht weitergehen, nicht für mich. Ich fühle mich ziemlich in der Luft hängend, irgendwo zwischen Freundschaft und Beziehung, und weiß nicht so recht, wie ich damit umgehen soll. Und ich muss endlich wissen, ob es ihm auch so geht, oder ich allein mit diesem Gefühlschaos bin.

Als er endlich nach Hause kommt, verschwindet er direkt im Bad, ich höre das Wasser der Dusche laufen. Für einen Moment denke ich darüber nach, einfach ins Bad zu gehen und ihn dort zur Rede zu stellen, aber so mutig bin ich dann doch nicht.

Was, wenn es nur mir so geht? Was, wenn nur ich verliebt bin, aber Sascha nicht? Was, wenn er lieber hätte, dass jeder wieder in seinem eigenen Bett schläft?

„Wann kommt René?"

Ich zucke zusammen und verschütte den letzten Rest Tee aus meiner Tasse, weil er mich so plötzlich aus meinen Gedanken gerissen hat. Zum Glück war der Tee bereits kalt und außer einer nassen Hose ist nichts weiter passiert.

„Alles okay?", fragt Sascha und ich blicke zu ihm, fange seinen nachdenklichen, besorgten Blick auf.

„Ja, alles gut, der Tee war schon kalt. Ähm, ich habe ihm geschrieben, dass er um zwei hier sein soll."

„Dann haben wir noch Zeit."

„Ja", stimme ich zu. Ich stehe auf, um meine Hose zu wechseln, als seine nächsten Worte mich in der Bewegung einfrieren lassen.

„Wir sollten danach reden. Macht es dir was aus, wenn ich solang in meinem Zimmer lese?"

Ja, das macht mir etwas aus, will ich sagen, aber das sind nicht die Worte, die meinen Mund verlassen.

„Natürlich nicht", höre ich mich stattdessen sagen und eile an ihm vorbei in mein Zimmer. Vielleicht ist es gut, dass wir nicht miteinander reden. Vielleicht sollte ich meine Gefühle endlich auf die Reihe bekommen, um dem Herzschmerz zu entgehen, der vorprogrammiert zu sein scheint.

Auf meinem Bett liegend starre ich an die Decke und denke darüber nach, ob ich mir eine neue Lampe kaufen sollte, als es an der Tür klingelt. Hektisch suche ich nach meinem Telefon, schaue auf die Uhr – aber es ist noch nicht zwei, das kann noch nicht René sein, also beruhige ich mich langsam wieder und überlege noch einen Moment, einfach liegen zu bleiben, bis ich Sascha zur Tür gehen höre.

Meine Neugier siegt. Möglicherweise bekommt er Besuch, hat mir aber nichts davon gesagt.

Was er natürlich auch nicht müsste, aber eine kleine, gemeine Stimme in mir ist der Meinung, dass er mich über alles zu informieren hat.

Also schwinge ich die Beine aus dem Bett und mache mich auf in den Flur, wo ich wie angewurzelt stehen bleibe.

Nein, nicht Sascha hat Besuch, sondern ich. Denn vor der geöffneten Tür steht René.

„Ach, da bist du", begrüßt er mich.

„Der Kerl hier wollte mich nicht reinlassen, dabei sind wir verabredet. Wer ist das überhaupt?"

„Ich bin ihr Freund", antwortet Sascha, bevor ich auch nur über eine Antwort nachdenken kann. „Und wer bist du?"

„Das ist René", schalte ich mich schließlich ein und trete neben Sascha, der direkt seinen Arm um meine Taille legt und mich enger an sich zieht. „Und er ist zu früh."

„Ach, du bist der Idiot, dessen Zeug ich in die Garage geräumt habe?", fragt Sascha provokant und ich muss mich zwingen, nicht zu grinsen, als ich Renés fassungslosen Blick sehe.

„Wie, in der Garage?"

Sowohl Sascha als auch ich ignorieren seine Frage. Ich erkundige mich nur, ob ich helfen soll, da schüttelt Sascha schon den Kopf.

Was als Nächstes passiert, hätte ich mir in meinen wildesten Träumen nicht ausmalen können.

Statt mich einfach loszulassen und zu gehen, legt Sascha seine Hand an meine Wange und ich halte unweigerlich die Luft an, als sein Kopf sich immer weiter meinem nähert. Ich schließe die Augen, als ich seinen Atem auf meiner Wange spüre. Die Zeit scheint stillzustehen, es scheint eine Ewigkeit zu vergehen, bis ich seine Lippen auf meinen spüre, so weich und zart, ganz anders, als ich es erwartet hätte.

Mein Herz setzt aus, ich kann keinen klaren Gedanken mehr fassen und schwanke leicht, bis er mich mit beiden Händen an der Taille fasst und seine Lippen langsam von meinen löst.

„Ich mache das schon, ich bin gleich wieder da, Mäuselchen."

Und dann ist er weg, lässt mich verwirrt und fassungslos und erstaunt allein im Flur zurück. Vorsichtig lege ich die Fingerspitzen auf meine Lippen, um so herauszufinden, ob das gerade wirklich passiert ist, oder ich mir alles nur eingebildet habe. Hat Sascha mich gerade tatsächlich geküsst? Vor René?

Ich weiß nicht, wie viel Zeit vergangen ist, aber als Sascha wiederkommt, stehe ich noch immer im Flur, habe es nicht geschafft, mich wegzubewegen.

„Sein Zeug ist weg, er hat alles mitgenommen, was beschriftet war. Das war doch alles, oder?"

„Keine Ahnung", bringe ich hervor und suche seinen Blick. „Du hast mich geküsst", stelle ich unnötigerweise fest, immer noch gefangen in den wenigen Sekunden, die gefühlt eine Ewigkeit her sind.

„Ja, das habe ich." Er sieht mich an, doch ich kann seinen Gesichtsausdruck nicht deuten. Er grinst nicht, lächelt nicht, sieht nicht einmal nachdenklich oder schuldbewusst aus.

„Warum hast du mich geküsst?"

„Weil es in dem Moment richtig war."

Eigentlich will ich wissen, was er damit meint, aber wieder formt mein Mund zuerst eine andere Frage und überrascht mich damit selbst.

„Wirst du es nochmal tun?"

Statt einer Antwort kommt er noch näher, bleibt so nah vor mir stehen, dass ich den Kopf in den Nacken legen muss, um ihm weiter in die Augen sehen zu können. Und ich kann die Wärme spüren, die von seinem Körper abstrahlt. Wie sehr habe ich diesen menschlichen Heizofen letzte Nacht vermisst.

„Nein", antwortet er schließlich. „Ich werde dich nicht noch einmal küssen."

„Warum nicht?" Meine Stimme ist kaum zu hören, so sehr trifft mich sein Nein. Es frisst sich langsam durch meinen Körper, lässt mich auskühlen und ich spüre, wie mein Herz die ersten Risse bekommt.

Statt einer Antwort legt er seine Hände an meine Wangen, neigt meinen Kopf noch etwas mehr in den Nacken, nähert sein Gesicht dem meinen. Ich schließe die Augen, warte gespannt, was er als Nächstes tun wird. Allein diese Berührung wärmt meinen Körper wieder auf, beendet den Herzschmerz.

„Ich will nichts lieber, als dich wieder zu küssen, Laura", antwortet er leise und ich spüre die Worte mehr als Atemzug auf meinen Lippen, als dass ich sie höre.

Alles in mir spannt sich an, ich bin sicher, dass er mich jeden Moment küssen wird, bilde mir ein, seine Lippen schon beinahe auf meinen spüren zu können, als er mich im nächsten Augenblick wieder in die Realität zurückreißt.

„Aber du bist noch nicht so weit."

„Was? Doch! Natürlich bin ich so weit!"

Er lacht nur, drückt mir einen Kuss auf die Stirn und wartet, bis ich die Augen wieder öffne, bevor er weiterspricht.

„Lass die Augen auf, wenn ich dich küsse", bittet er mich und ich nicke, halte gespannt den Atem an, als seine Lippen den meinen näherkommen und beginne zu zittern, als sie kurz vor meinen stoppen.

Die Gedanken in meinem Kopf beginnen zu rasen. Will er, dass ich den nächsten Schritt mache? Will er, dass ich ihn küsse? Will er, dass ich den letzten Abstand zwischen uns überwinde?

Und noch während mir diese Fragen wie ein Tornado durch den Kopf wirbeln, trifft es mich wie ein Kübel Eiswasser.

Wenn wir uns küssen, jetzt wirklich und tatsächlich küssen, bedeutet das einen Umbruch. Es bedeutet das Ende unserer Freundschaft. Wir werden nie wieder zu dem Punkt zurückkehren können, an dem wir uns jetzt noch befinden. Und ich habe schon Probleme damit, dass wir heute nicht mehr da sind, wo wir gestern noch waren. Wie soll es erst nach einem Kuss werden?

Was, wenn das zwischen uns nicht klappt? Was, wenn wir nicht dazu bestimmt sind, mehr als Freunde zu sein? Wenn wir uns danach nicht mehr in die Augen sehen können? Wie wird das unsere Gruppe verändern? Was wird das aus *uns* machen? Was werden wir überhaupt sein?

Bin ich bereit, meinen besten Freund zu opfern, um meinen Gefühlen nachzugeben und einfach zu schauen, wohin es uns führt?

Kann ich das wirklich tun? *Will* ich das

tun?

Ohne es zu merken, habe ich mich nach hinten gelehnt, bin ihm ausgewichen. Es fällt mir erst auf, als Sascha mich traurig und doch geduldig anlächelt, mir erneut einen Kuss auf die Stirn drückt und mich schlussendlich loslässt.

„Nein, du bist noch nicht so weit. Aber ich werde hier sein, wenn du es bist. Ich werde nicht weggehen. Und wenn du deine Zimmertür gestern Abend nicht geschlossen hättest, wäre ich zu dir gekommen. Lass sie auf, wenn du willst, dass ich zu dir komme."

Ich schlucke schwer und stehe noch eine Weile allein im Flur, nachdem er gegangen ist. Irgendwann raffe ich mich auf, suche in meinem Schlafzimmer nach meinem Handy und schreibe meinen Freundinnen.

Ich: Ich brauche euch. Können wir uns morgen sehen?

Mona: Ich bin dabei, sag wann und wo.

Ella: Kommt her, ich muss das Bett hüten, ich habe vorzeitige Wehen.

Mona: Mist verdammter. Können wir was tun?

Ich: Wie können wir helfen?

Ella: Kommt einfach nur her und leistet

mir Gesellschaft, ich gehe sonst noch die Wände hoch. Und Viper wird sich freuen, eine Pause von mir zu haben.

Diese Nacht schlafe ich bewusst in meinem Zimmer und schließe die Tür hinter mir. Ich brauche Zeit zum Nachdenken.

Kapitel 16

06. Mai 2018

„Also, was ist los?", begrüßt mich Ella, kaum, dass Mona und ich uns zu ihr auf die Couch gesellt haben.

Ich seufze schwer und Mona stupst mich mit der Schulter an.

„So schlimm?"

„Noch viel schlimmer", antworte ich schließlich. „Mein Ex hat sich am Donnerstag gemeldet und wollte mit mir reden. Ich habe ihm nicht geantwortet, dafür aber Sascha die Nachricht gezeigt. Und er hat mich überredet, mich doch zu melden, damit René sein restliches Zeug aus der Garage holt. Das hat er dann gestern auch gemacht."

„Und wie haben die beiden aufeinander reagiert?"

„Jede Wette, dass Sascha sein Revier markiert hat", lacht Mona und schnappt sich ein paar der Gurkensticks, die ich mitgebracht habe.

Als ich nicht antworte, sondern nur rot anlaufe, lässt sie die Sticks wieder sinken.

„Wirklich?", hakt Ella schließlich nach. „Was hat er getan?"

„Er hat René gesagt, er sei mein

Freund, als dieser ihn gefragt hat, wer er ist." Die Augenbrauen der beiden schießen nach oben. „Und dann hat er mich vor René geküsst."

„Das ist deutlich", sagt Mona irgendwann. „Damit geht er anders vor als unsere Männer."

„Na ja", beginne ich schließlich und erzähle den Rest der Geschichte. „Ich habe ihn danach gefragt, ob er mich nochmal küssen wird, aber er hat nein gesagt. Er meinte, ich sei noch nicht so weit. Und ich befürchte, dass er damit recht hat."

„Das ist doch quatsch", antwortet Ella direkt energisch. „Du bist in ihn verliebt, seit du ihn das erste Mal gesehen hast. Ja, da warst du noch mit René zusammen, aber wenn wir mal ehrlich sind, hat der nie so gut zu dir gepasst, wie Sascha das tut. Und ehrlich gesagt finde ich nicht, dass René und du wirklich eine erwachsene Beziehung geführt habt."

„Das stimmt", schaltet sich Mona ein.

„Und man sieht Sascha an, dass es ihm genauso geht wie dir. Der Kerl betet den Boden an, auf dem du wandelst. Warum also macht ihr nicht endlich Nägel mit Köpfen? Der Kuss ist doch schonmal ein guter erster Schritt."

„Eben, ihr kuschelt auf der Couch und

jetzt hat er dich geküsst. Außerdem bist du alles von René los, du kannst neu anfangen. Jetzt kannst du Sascha küssen, wenn ihr das nächste Mal auf der Couch kuschelt."

„Ähm, es gibt da etwas, das ihr noch nicht wisst", sage ich schließlich leise. „Wir schlafen seit einer Ewigkeit jede Nacht in einem Bett."

„Was?", fragen beide wie aus einem Munde und sehen mich geschockt an.

„Sag das nochmal", bittet mich Mona.

„Wir schlafen seit deiner Hochzeit in einem Bett. Das war nicht das erste Mal, aber seitdem eigentlich immer. Bis Donnerstag. Er war komisch, nachdem ich ihm die Nachricht von René gezeigt habe. Und gestern Abend nach dem Kuss habe ich auch allein in meinem Bett geschlafen, weil ich nachdenken musste. Um mir sicher zu sein, dass es das wert ist."

„Dass es was wert ist?", hinterfragt Ella.

„Na, wenn wir die Art unserer Beziehung ändern, dann verlieren wir die Freundschaft. Ist es das wert? Will ich meinen besten Freund verlieren, nur weil ich der Meinung bin, dass ich mehr aus uns machen muss? Und wir schlafen seit Wochen in einem Bett, ohne, dass wir uns nähergekommen wären. Das ist doch auch ein Zeichen."

„Das zeigt nur, dass ihr Idioten seid", murmelt Mona. „Ihr zwei seid seit einer Ewigkeit ineinander verliebt, ihr wohnt seit Monaten zusammen, ihr schlaft in einem Bett und er hat dich endlich geküsst. Ich finde, damit zeigt er sehr deutlich, dass er mehr will, als nur ein Freund zu sein. Übrigens kann auch dein Mann dein bester Freund sein, sehr schön zu sehen an uns beiden und unseren Männern." Sie zeigt zwischen sich und Ella hin und her. „Aber ich verstehe, was du meinst. Ich habe mir vor meiner Hochzeit die gleichen Gedanken gemacht. Ich war mir nicht sicher, ob ich das Risiko eingehen wollte, vielleicht meinen besten Freund zu verlieren. Nicht bei der heutigen Scheidungsquote."

Ich nicke zustimmend, erinnere mich an die Unterhaltungen, die wir damals geführt haben.

„Aber Laura, du kannst nicht risikofrei leben. Und das Risiko bist du schon eingegangen, als du ihn bei dir hast einziehen lassen. Du wusstest doch schon damals, dass du mehr für ihn empfindest, als für einen einfachen Freund, oder?"

Tief durchatmend nicke ich. Ja, sie hat

recht, ich wusste insgeheim schon damals, dass ich mehr für ihn fühle als reine Freundschaft.

„Aber was, wenn er mich nicht will?", spreche ich meine größte Angst aus und kassiere direkt einen Schlag auf den Oberarm von Mona.

„Aua, das tut weh", beschwere ich mich.

„Das sollte es auch", sagt sie und sieht mich finster an. „Er hat dich vor deinem Ex geküsst, obwohl er das nicht hätte tun müssen. Er hat *sein Revier markiert*, wie man so schön sagt. Er schläft seit einer Ewigkeit mit dir in einem Bett, ohne dir an die Wäsche zu gehen. Der Mann wartet darauf, dass du den ersten Schritt machst. Noch deutlicher kann er dir doch gar nicht zeigen, dass er ebenfalls mehr will, als nur Freunde zu sein."

„Meinst du wirklich?"

„Ja", ertönt Vipers Stimme und lässt mich zusammenzucken. Ich habe nicht mit ihm gerechnet. „Wäre ich damals so deutlich gewesen, hätte Ella sich unzählige furchtbare Dates sparen können."

Sie lächelt ihn an und streckt ihm die Zunge heraus. „Die waren nur furchtbar, weil du der Meinung warst, dich einmischen zu müssen, sobald ich dir den

150

Rücken zugedreht habe."

„Sag ich ja, furchtbar", lacht er und fragt uns dann, ob er uns noch etwas bringen kann, bevor er wieder in die Bar verschwindet, die sich direkt unter der Wohnung befindet.

„Er ist ja schon süß", sage ich und ernte ein seliges Lächeln von Ella.

„Ist er, aber wir hatten so unsere Momente und haben sie manchmal immer noch. Vor allem dann, wenn er mich in Watte packen will, so wie jetzt. Wenn es nach ihm ginge, wäre ich bereits unter 24-Stunden-Beobachtung im Krankenhaus, was völlig unnötig ist. Das sagen auch meine Ärztin und Hebamme. Ich brauche nur Ruhe und soll nicht mehr so viel laufen, dann wird das schon. Das Zwerglein bleibt noch eine Weile im Bauch."

Liebevoll streichelt sie ihre Kugel und ich frage mich, ob Sascha und ich jemals an den Punkt kommen, an dem wir Kinder haben werden.

Im nächsten Moment zucke ich innerlich zusammen.

Wirklich? Ich denke darüber nach, Kinder mit ihm zu haben, obwohl ich nicht einmal weiß, ob ich überhaupt etwas an unserer jetzigen Beziehung ändern will?

Wunderbar. Wie es scheint, habe ich mittlerweile völlig den Verstand verloren.

Statt mich direkt auf den Weg nach Hause zu machen, als wir unseren Mädelsabend für beendet erklären, gehe ich nach unten und besuche Sascha in der Küche des *Viper*. Er brät gerade etwas in einer Pfanne, also bleibe ich einfach in der Tür stehen und beobachte ihn eine Weile.

„Du kannst mir auch gern helfen, statt so unnütz rumzustehen", sagt er und ich grinse. Vielleicht haben wir doch noch eine Chance, zu unserer alten Unbeschwertheit zurückzukehren.

„Und was soll ich tun?"

Er deutet auf den Kühlschrank. „Da ist Kartoffelsalat drin, davon bitte eine ordentliche Portion auf einen Teller geben. Und hübsch mit Petersilie garnieren, die kannst du frisch schneiden, ist draußen." Er deutet auf die Tür, die mir bisher noch nie aufgefallen ist. Ich öffne sie, erwarte, im Freien zu stehen, stattdessen finde ich mich in einem kleinen Wintergarten wieder, der zu einem Gewächshaus umfunktioniert wurde.

Bewegungsmelder schalten das Licht ein und nach wenigen Augenblicken finde ich die Petersilie und knipse mir einen hübschen Zweig ab.

Wieder drinnen, garniere ich den Teller. Ich besorge mir eine Schütze und helfe ihm dabei, Zitrone in Scheiben zu schneiden und kühl zu lagern, und erledige anderen Kleinigkeiten, bei denen ich mich nützlich machen kann.

„Ich wusste gar nicht, dass wir eine zweite Küchenkraft haben", ertönt Alex' Stimme von der Tür und ich drehe mich zu ihm um.

„Du bist kein guter Chef, wenn man dir das bisher nicht gesagt hat", ziehe ich ihn auf und begrüße ihn mit einer kurzen Umarmung.

„Noch bin ich kein Chef", steigt er auf meinen Scherz ein und ich ziehe die Augenbrauen hoch.

„Moment, willst du das *Viper* kaufen?", frage ich verwirrt. Davon haben weder Ella noch Mona etwas erzählt.

„Nein, das nicht", stellt er richtig und auch Sascha hört ihm jetzt aufmerksam zu. „Aber Viper will etwas kürzer treten, gerade jetzt, wo Ella sich mehr schonen muss. Und wenn das Baby erst einmal da ist, wird er noch weniger arbeiten. Also haben wir darüber gesprochen, was ich ihm abnehmen kann und wie wir das regeln. Wie es aussieht, kümmere ich mich dann um das Tagesgeschäft und Viper sich um die Abrechnungen, Buchhaltung und all den Krempel, der im Hintergrund noch dazugehört."

„Klingt gut", freue ich mich für ihn.

„Solang ich keine Angst um meinen Job haben muss", sagt Sascha und lacht, aber ich glaube, er meint das verdammt ernst. Zwischen den beiden ist es mitunter immer noch recht angespannt.

„Bist du verrückt? Ich gebe doch nicht den besten Koch her, den wir je kriegen könnten, nur, weil du uns alle damals ziemlich an der Nase herumgeführt hast."

Alex sieht ihn ernst an und nach einer Weile nickt Sascha.

„Vielleicht solltet ihr euch verbrüdern, oder so", schlage ich vor und halte das Messer hoch, das ich immer noch in der Hand halte. „Ich würde mich auch anbieten, beim Blutschwur zu helfen."

Alex weicht einen Schritt zurück und ich muss lachen, als Sascha mit erhobenen Händen auf mich zukommt und mir vorsichtig das Messer abnimmt.

„Weißt du, kleine Maus, du solltest dich von gefährlichen Dingen besser fernhalten und nach Hause gehen."

„Du kannst Schluss machen für heute, Sascha", schaltet sich Alex ein. „Es sind kaum noch Gäste da, wir können die Küche schließen, sobald du aufgeräumt hast."

Sascha überlegt einen Moment, sieht mich an. „Wartest du so lange? Dann gehen wir zusammen."

„Ich habe eine bessere Idee", erwidere ich und ziehe das Band an meiner Schürze fester. „Ich werde dir helfen, dann sind wir schneller fertig."

Er nickt mir zu, begibt sich wieder an den Herd, um die letzte Bestellung fertig zu machen. Alex beobachtet uns noch einen Moment, bevor er den Teller entgegennimmt und wahrscheinlich zu dem Gast bringt.

Zu zweit sind wir mit Aufräumen schnell fertig und gehen zu Fuß nach Hause.

Und heute Nacht klettere ich wieder in Saschas Bett, kuschele mich eng an seine breite Brust und kann endlich wieder ruhig schlafen. Ganz anders, als in den letzten beiden Nächten.

Kapitel 17

30. Juni 2018

Viper: Wir sind im Krankenhaus, das Baby kommt.

Mona: Oh mein Gott, alles Gute, Ella! Du schaffst das!

Alex: Viper, können wir was tun?

Viper: Ich bin mir nicht sicher, aber ich glaube nicht. Ich werde den Arzt fragen.

Mona: Warum den Arzt, läuft etwas nicht nach Plan? In welchem Abstand kommen die Wehen?

Viper: Habe ich vergessen, muss ich die Hebamme fragen, wenn ich wieder im Kreißsaal bin.

Mona: Wo zum Teufel bist du denn? Warum lässt du deine Frau allein?

Viper: Sie hat mich rausgeschickt, um Tee zu holen.

Ella: Ich habe dich rausgeschickt, damit ich mal Luft holen kann, weil du mich irremachst!

Mona: Süße, können wir was tun? Sollen wir dir was bringen?

Ella: Eine Beruhigungsspritze für den Kerl, der mich geschwängert haaaaaaaa

Mona: Alles okay?

Viper: Schatz?

Alex: Mona zieht sich schon an, wir kommen gleich.

Ella: Bleibt zu Hause, das war nur eine Wehe. Es dauert noch ein paar Stunden.

Mona: STUNDEN???

Alex: Sicher?

Viper: Ganz sicher, ich geh jetzt wieder rein. Ich melde mich, wenn das Baby da ist.

Mona: Alles Gute, Ella!

Alex: Wir denken an euch!

Ella: Wo stecken Laura und Sascha?

Mona: ...

Viper: Weißt du was, dass wir nicht wissen?

Sascha: Was auch immer du zu wissen glaubst, es stimmt nicht. Ich bin hier, Laura ist Brötchen holen.

Mona: Ach schade :(

Ich grinse, als ich die Nachrichten lese, und überlege, ob ich etwas antworten soll, entscheide mich jedoch dagegen. Es würde nur ablenken, dabei sind Ella und Viper gerade die, die im Fokus stehen sollten.

„Das Baby kommt", begrüßt mich Sascha, als ich nach Hause komme und ich grinse ihn breit an.

„Habe ich gelesen. Ich bin so gespannt, wann das Baby da ist und welchen Namen sie ausgesucht haben."

„Du weißt auch nichts? Sie haben aus allem ein ziemliches Geheimnis gemacht, oder?"

„Ja." Ich nicke zustimmend. „Aber ich finde das niedlich. So konnten sie ihre kleine Blase noch eine Weile behalten."

Wir frühstücken gemütlich, bevor Sascha zum Einkaufen fährt und danach mit den Trampenkeln Zeit im Garten verbringt, während ich die Wohnung putze. Nicht gerade meine Lieblingsbeschäftigung an einem Samstag, aber ich möchte nicht zu weit von meinem Telefon weg sein und auf keinen Fall die Nachricht verpassen, wenn das Baby endlich da ist und wir es besuchen dürfen.

Aber das Update lässt ewig auf sich warten. Erst am späten Abend, als Sascha und ich auf der Couch sitzen und einen Film schauen, schickt Viper ein Foto von Ella mit Baby im Arm in die Gruppe.

Viper: Begrüßt Linn von Holthausen, das perfekteste Baby der Welt. Mutter und Baby sind wohlauf und wir lernen uns langsam kennen.

Ich schmelze dahin, als ich das Bild

betrachte und spüre, wie Saschas Brust lachend unter meiner Wange vibriert.

„Na, bekommst du jetzt auch den Babyblues?"

„Nein", streite ich ab, denke aber trotzdem darüber nach, wie es wäre, wenn wir so eine Nachricht an unsere Freunde schicken würden. Wenn wir die glücklichen Eltern wären.

Seufzend lege ich das Handy wieder zur Seite, begrabe den Gedanken an ein Baby mit Sascha tief in mir. An dem Punkt sind wir noch lang nicht angekommen, also brauche ich auch nicht darüber nachzudenken.

„Sollen wir die drei morgen besuchen?", schlägt er vor, was ich kopfschüttelnd ablehne.

„Ella hat uns schon vorher darum gebeten, dass wir ihnen ein paar Tage geben, sich aneinander zu gewöhnen. Sie weiß, wie wichtig das Wochenbett ist und meine Tante hat mich auch immer wieder darauf hingewiesen. Die drei brauchen jetzt Ruhe, vor allem Ella braucht jetzt noch Ruhe, ihr Körper hat da Höchstleistungen vollbracht die letzten Monate. Von heute ganz zu schweigen. Ich werde ihnen nur immer wieder was zu Essen bringen, aber das werde ich mit Viper absprechen."

„Was bringst du ihnen?", fragt er und beginnt, meinen Rücken zu streicheln.

„Tante Sibel hat bereits losgelegt, für Ella zu kochen und alles einzufrieren. Ich werde das portionsweise hinbringen. Dann brauchen die beiden es nur noch aufzuwärmen und können direkt essen, ohne sich Gedanken zu machen."

Sascha zuckt unter mir zusammen, als ich meine Tante und ihr Essen erwähne.

„Stimmt etwas nicht mit dem Essen meiner Tante?", frage ich daher. Bisher hatte ich nicht den Eindruck, als würde er das Essen nicht mögen.

„Kochst du nie selbst zu Hause? Ich sehe immer nur die Dosen mit dem Restaurantaufdruck im Kühlschrank und Gefrierfach. Das Essen ist superlecker, versteh mich bitte nicht falsch. Aber selbst frisch zu Hause gekocht ist doch nochmal was anderes, meinst du nicht?"

Ich richte mich etwas auf und sehe ihm in die Augen.

„Du kochst doch auch nie zu Hause."

„Das stimmt nicht", erwidert er sofort. „Ich koche sehr wohl und ich würde auch mehr kochen, wenn du nicht schon für Wochen versorgt wärst. Für einen allein zu kochen macht eben nur halb so viel

Spaß. Wir können ja auch mal zusammen kochen", schlägt er schließlich vor, aber ich schüttele vehement den Kopf.

„Auf gar keinen Fall! Du bist gelernter Koch, und ich habe gesehen, wie sehr du die Küche im *Viper* beherrschst, mit wie viel System du arbeitest. Ich bin das personifizierte Chaos, wenn ich versuche, etwas essbares herzustellen. Auf gar keinen Fall werde ich etwas mit dir zusammen kochen!"

Er zuckt nur mit den Schultern und drückt mich mit einer Hand wieder zurück auf seine Brust.

„Schade. Aber jetzt lass uns den Film zu Ende schauen und dann ins Bett gehen."

Das Gefühl, ihn mit meiner Antwort enttäuscht zu haben, verfolgt mich bis in meine Träume.

Kapitel 18

06. November 2018

Ich. Hasse. Es.

Es ist nicht so, dass ich generell ein Problem mit meinem Alter hätte, oder damit, Geburtstag zu haben. Aber ich hasse, dass meine Familie jedes Mal der Meinung ist, einen riesigen Aufriss veranstalten zu müssen.

Auch heute ist es wieder so weit. Onkel Yasin hat mich schon mittags in den Feierabend geschickt, damit ich zu Hause alles vorbereiten kann.

Ich habe keine Ahnung, wo ich in unserer Wohnung all die Menschen unterbringen soll. Ella und Viper werden da sein, Alex und Mona und natürlich Sascha. Und dann eben noch mein Onkel, meine Tante und wahrscheinlich auch mein Cousin mit seiner Frau. Oh, und die kleine Linn wird da sein. Wobei ein Baby kaum Platz wegnimmt, und wir sie ins Schlafzimmer legen können, damit sie ihre Ruhe hat und nicht von uns geweckt wird.

Aber all die Erwachsenen? Ich weiß nicht, wie das funktionieren soll. An unseren Esstisch passen mit viel Stühlerücken sechs Erwachsene, aber keine acht oder gar zehn.

Auf dem Weg nach Hause schaue ich noch einmal im Restaurant meiner Tante vorbei, um ihr mit den letzten Handgriffen am Essen zu helfen. Sie hat sich zum Glück bereiterklärt, es nachher mitzubringen, damit ich nicht alles zu Fuß oder mit dem Bus rüberbringen muss.

Kaum angekommen, scheucht sie mich wieder aus der Küche und schickt mich nach Hause. Mir bleibt nichts weiter zu tun, als noch ein paar Getränke zu besorgen und nach Hause zu gehen.

Als ich die Wohnungstür öffne, bringe ich zuerst die Getränke in die Küche und will sie in den Kühlschrank legen – in dem kein Platz mehr ist, weil alles bereits mit Getränken voll ist. Stirnrunzelnd schließe ich die Kühlschranktür wieder, um sie direkt noch einmal zu öffnen. Es erwartet mich der gleiche Anblick: Bis oben hin voll mit Getränken, selbst unsere Lebensmittel sind verschwunden.

Ich stelle die Flaschen auf die Anrichte und gehe in den Flur, um Jacke und Schuhe abzulegen. Auf dem Weg dahin werfe ich einen Blick ins Wohnzimmer und bleibe wie angewurzelt stehen.

Normalerweise kann man vom Flur aus die Couch sehen, doch sie ist verschwunden.

„Was zum Geier?", murmele ich. „Wie kann denn eine Couch verschwinden?"

„Die ist nicht verschwunden."

Ich schreie auf und drehe mich mit erhobenen Fäusten um, um wen auch immer abzuwehren. Aber es ist nur Sascha, der mich mit hochgezogenen Augenbrauen ansieht.

„Musst du mich so erschrecken? Verdammt, wegen dir bekomme ich noch graue Haare!", fahre ich ihn an und boxe ihm auf den Oberarm.

„Was kann ich dafür, dass du träumst." Er grinst mich an und nimmt mich fest in den Arm. „Alles Gute zum Geburtstag. Du hättest mich heute Morgen ruhig wecken können, dann hätten wir zusammen gefrühstückt."

„Von wegen", murmele ich an seiner Brust und lege meine Arme um seinen Oberkörper. „Ich mag meinen Geburtstag nicht."

„Warum nicht?", fragt er ernst und lässt mich langsam wieder los, doch ich klammere mich weiter an ihn.

„Meine Tante und mein Onkel veranstalten jedes Jahr einen unglaublichen Zirkus um den Tag, als müssten sie aufwiegen, dass meine Mutter nicht da ist.

Sie ruft mich jedes Jahr an, wenn sie es nicht herschafft und das ist okay so. Yasin und Sibel müssen nichts aufwiegen, wirklich nicht. Aber sie können es nicht lassen."

„Machen sie bei ihren Kindern denn nicht so einen Aufstand?"

„Nein." Ich lache und löse mich schließlich doch von ihm, um nicht ganz zum Klammeraffen zu mutieren. „Mein Cousin bekommt einen Kuchen und Geschenke und das war es dann. Ihn fragen sie auch, wann sie auftauchen können. Bei mir fallen sie direkt ein, wie die Hunnen."

Jetzt lacht auch Sascha. „Ja, so kann man das auch sagen. Das erklärt zumindest, warum Alex schon Tisch und Stühle hergebracht hat. Er meinte, dein Onkel hätte es befohlen."

„Das glaube ich ungesehen", schnaube ich. „Onkel Yasin ist der Meinung, dass sich alles nach seiner Nase richten muss. Wundert mich eher, dass er nicht hier war, um alles selbst zu machen. Aber dann hätte er die Bräute heute ganz mir überlassen müssen, was natürlich nicht geht."

„Och, ich bin sicher, du machst das super."

„Das schon, aber ich habe nicht seinen Blick. Du solltest mal sehen, was er aus einer einfachen Frau und dem richtigen Kleid alles herausholen kann."

Wir betreten das Wohnzimmer und ich schaue mir an, wie Sascha und Alex die Möbel verschoben haben, damit die Tische hereinpassen. Jetzt bekommen wir auf jeden Fall zehn Menschen unter, immerhin. Aber auf der Couch kann nun niemand sitzen, die ist an der Wand hochgestellt, um weniger Platz einzunehmen.

„Ich mach mich dann mal an die Deko", sage ich und gehe an den Einbauschrank im Flur, um Tischdecken und Kerzen zu holen, und alles, was ich sonst noch an brauchbarer Deko finde.

„Hast du dir schon ein Kleid ausgesucht?", reißt Sascha mich plötzlich aus meinen Gedanken, als ich die Servietten hübsch falte.

„Was meinst du?"

„Hast du dir ein Brautkleid ausgesucht?"

Ich bin hin- und hergerissen, ob ich ihm von meinem Traumkleid erzählen soll, das nur leider nicht für mich gemacht ist.

„Theoretisch ja", gebe ich schließlich zu. „Praktisch passt es mir aber nicht und ist wohl doch nicht das richtige Kleid für mich. Und außerdem fehlt mir irgendwie der Mann zum Heiraten."

„Vielleicht ist er näher, als du denkst", antwortet er und ich erstarre mitten in der Bewegung, sehe zu ihm, bin unsicher, was er meint. Er sagt nichts weiter, hat nur den Kopf zur Seite geneigt und sieht mich an. Ich öffne gerade den Mund, um etwas zu sagen, als er das Thema wechselt. „Müssen wir noch was zu Essen vorbereiten?"

„Nein, meine Tante bringt nachher alles mit."

Er verzieht das Gesicht und ich lache.

„Tut mir leid, aber das war einfacher, als hier für zehn Leute zu kochen." Als er etwas einwenden will, rede ich schnell weiter. „Du hast keine Ahnung, was mein Onkel alles zu Essen erwartet. Dazu haben wir einfach nicht genug Zeug, bei meiner Tante ist aber alles vorhanden."

„Na dann."

Schweigend hilft er mir dabei, die Servietten zu falten und alles hübsch auf dem Tisch zu drapieren.

Als es schließlich klingelt, bin ich ein nervliches Wrack. Ich habe die letzten Stunden darüber nachgedacht, was Sascha damit gemeint hat, dass der Mann zum Heiraten näher sei als erwartet.

Ich will mich nicht der Hoffnung hingeben, dass er sich selbst damit gemeint hat, will aber auch nicht glauben, dass er jemand anderen im Kopf hatte. Wen denn auch?

Meine Tante Sibel und mein Cousin mitsamt seiner Frau sind die Ersten, die eintreffen. Beladen mit Körben voller Essen. Alles ist so schön auf den Platten und in den Schüsseln angerichtet, dass wir es nur noch auf dem Tisch verteilen müssen, wofür ich meine Tante unglaublich dankbar bin. Je weniger Arbeit ich selbst habe, umso besser.

„Danke", falle ich meiner Tante um den Hals und danach meinem Cousin. „Ich wüsste nicht, wie ich das ohne euch hätte schaffen sollen."

„Och, das hättest du bis Weihnachten schon hinbekommen", zieht mein Cousin mich auf und ich muss lachen.

Als Sascha kommt, mache ich alle miteinander bekannt. Meine Tante mustert ihn von oben bis unten und zwinkert mir schließlich zu.

„Den würde ich behalten", flüstert sie mir ins Ohr und ich merke, wie mein Gesicht heiß wird. Wahrscheinlich bin ich total rot angelaufen. „Aber du solltest dein Kissen in dein Bett bringen, sonst weiß Yasin direkt, dass ihr mehr als Mitbewohner seid."

Ich zucke zusammen und sehe sie geschockt an.

„Das ist nicht so, wie es aussieht", versuche ich, sie zu beruhigen, aber sie winkt nur ab.

„Es ist, was ihr daraus macht und das geht mich nichts an. Aber wir beide wissen, dass Yasin da anderer Meinung ist. Wenn du also eine riesige Diskussion vermeiden willst, bringst du dein Kissen rüber."

„Woher weißt du das überhaupt?", frage ich, bevor ich mich auf den Weg mache.

Tante Sibel zuckt unschuldig mit den Schultern. „Ich war neugierig, ob du mir immer noch alles erzählst, so wie früher. Aber scheinbar bist du erwachsen geworden."

Sie zwinkert noch einmal und ich lache.

„So fühlt sich das aber nicht an."

„Das sagen wir alle mal", entgegnet sie und begibt sich in die Küche.

Als Ella und Viper eintreffen, bin ich erst einmal mit der kleinen Linn beschäftigt. Sie ist so ein süßes Baby und ich kann nicht anders, als sie bei der ersten sich bietenden Gelegenheit auf den Arm zu nehmen und zu knuddeln. Erst, als Mona und Alex ankommen, bin ich gezwungen, sie herzugeben, damit Mona mich drücken kann.

Sascha steht neben mir und nimmt mir die Kleine kurzerhand ab. Als er sie sicher im Arm hält, mache ich den Fehler, einen Schritt zurückzutreten und ihn mir anzusehen.

Böser Fehler.

Ganz böser Fehler.

Den Spruch „meine Eierstöcke explodieren" verstehe ich erst jetzt so richtig. Mir klappt der Unterkiefer nach unten, so unglaublich sieht Sascha mit der kleinen Linn auf dem Arm aus. Sie ist so klein, dass man sie in seiner Armbeuge kaum sehen kann, aber allein, wie er sie anlächelt und ihr über die Wange streichelt, lässt mein Herz lospoltern.

„Oh oh", murmelt Mona neben mir und reißt mich damit aus meinen Gedanken. „Ich glaube, ich weiß, wer die Nächste ist."

„Was? Nein!", erwidere ich schnell. Zu schnell, denn sie zieht die Augenbrauen nach oben und sieht mich zweifelnd an.

„Warum nur glaube ich das nicht?"

Um sie abzulenken, lasse ich mich von ihr und Alex umarmen und stelle sie dann im Wohnzimmer meiner Familie vor.

Die Gespräche plätschern vor sich hin, bis mein Onkel Yasin als Letzter auftaucht. Wie immer braucht er den großen Auftritt, auch wenn er heute nicht im Mittelpunkt steht. Leider bin ich heute das Zentrum aller Aufmerksamkeit.

„So, jetzt stell ich allen vor, damit wir endlich essen können", befiehlt er, während er sich schon auf den Weg ins Wohnzimmer macht und mir nur kurz seinen Mantel in die Hand drückt. Wunderbar.

Die Vorstellungsrunde fällt kurz aus, weil er die meisten schon das eine oder andere Mal getroffen hat. Als schließlich alle am Tisch sitzen und Linn friedlich in meinem Schlafzimmer schlummert, ergreife ich das Wort.

„Ich danke euch, dass ihr alle gekommen seid. Lasst es euch schmecken, es ist für jeden etwas dabei. Und weil ich kein Fleisch esse, ist alles, was Fleisch enthält, extra gekennzeichnet. Auch die Fleischesser werden heute also nicht verhungern." Ich zwinkere meinem Onkel zu, der sich theatralisch an die Brust greift, als hätte ich ihn damit extra glücklich gemacht.

„Das ist wirklich lecker", sagt Ella und bricht damit das eher ungewöhnliche Schweigen am Tisch. „Davon hätte ich gern das Rezept." Sie deutet auf den Couscous-Salat und ich grinse.

„Das ist auch von allen Dingen auf dem Tisch hier mein liebstes Essen. Geht ganz schnell, das geht auch bestimmt mit Baby einfach zuzubereiten."

Meine Tante nickt zustimmend. „Und es lässt sich super für ein paar Tage im Voraus vorbereiten. Das Beste daran ist aber, dass man quasi nichts falsch machen kann. Couscous, heißes Wasser und fertig. Gewürze, Kräuter und Gemüse nach Belieben und schon bist du fertig."

„Nur heißes Wasser?", fragt Mona unschlüssig.

„Ja", bestätige ich. „Ist es dann nach zehn Minuten noch zu flüssig, hau mehr Couscous rein. Ist es zu fest, mach mehr Wasser drauf. Das geht echt einfach."

Die Gespräche drehen sich noch eine Weile um Rezepte und die einzelnen Vorlieben, bis mein Onkel schließlich mit einem Löffel gegen sein Teeglas klopft.

„Ich finde ja, wir haben genug gegessen. Wie wäre es, wenn wir zum Nachtisch übergehen und Geschenke auspacken?"

„Du packst heute nichts aus", weist meine Tante ihn zurecht. „Heute entscheidet Laura, wann sie auspacken will."

Ich grinse von einem Ohr zum anderen. Das mag ich an Geburtstagen: ich liebe es, Geschenke auszupacken. Fast so sehr, wie andere zu beschenken.

Sascha hilft mir, den Tisch abzuräumen, und zusammen tragen wir die Platten mit der Baklava ins Wohnzimmer. Ich habe mich richtig ins Zeug gelegt, verschiedene Sorten gemacht, damit alle probieren können und für jeden etwas dabei ist.

Natürlich ist mein Onkel der erste, der sich bedient. Ich kann nur grinsend den Kopf schütteln und versorge die anderen mit weiteren Getränken und Tee.

„Also, unser Geschenk zuerst", sagt Ella und reicht mir einen wunderschön dekorierten Umschlag. „Wir vier", sie zeigt auf Mona, Alex, Viper und sich, „haben zusammengelegt. Mach auf."

Vorsichtig löse ich die Schleife und den Kleber des Umschlages und ziehe eine Karte heraus.

„Ein Wellness-Wochenende?" Mir fallen fast die Augen aus dem Kopf. „Für uns drei?"

Mona und Ella nicken beide und lächeln mich an.

„Wow", mehr bekomme ich nicht heraus. „Moment. Was ist mit Linn?"

Viper grinst. „Ich schiebe Babydienst, wir werden schon zwei Tage allein klarkommen."

„Aber stillst du nicht mehr?", richte ich mich an Ella. „Oder kommst du mit, Viper?"

„Ich pumpe ab", erklärt Ella. „Ich bin gesegnet mit viel Milch, ich habe genug für drei. Einen Teil spende ich der Frühchenstation im Krankenhaus, aber einen Teil friere ich seit Wochen ein, damit für das Wochenende vorgesorgt ist. Wir können also ganz beruhigt fahren."

„Danke!" Vor Freude habe ich Tränen in den Augen und falle zuerst Mona um den Hals, da sie direkt neben mir sitzt. „Danke euch, das ist genial."

Als Nächstes packe ich die Geschenke meiner Familie aus, wunderbare Kleinigkeiten, über die ich mich unglaublich freue.

„Und was hat dir dein Freund geschenkt?", fragt Onkel Yasin und deutet auf Sascha.

Bevor ich das richtigstellen kann,

reicht Sascha mir einen Umschlag.

„Kein Wellness, aber hoffentlich freust du dich genauso darüber."

Ich lächele und öffne den Umschlag, ziehe einen Gutschein heraus. Als ich lese, wofür er ist, breche ich in schallendes Gelächter aus und ernte fragende Blicke.

„Was ist das?", fragt mein Cousin. „Ich will auch lachen."

Also stehe ich auf, lasse meinen Cousin, seine Frau und meine Tante lesen, was Sascha mir zum Geschenk gemacht hat. Meine Tante nimmt mir kichernd die Karte ab und reicht sie an meinen Onkel weiter.

„Ist das echt? Das ist kein Scherz?", fragt Onkel Yasin und grinst breit vor sich hin. Sascha hat die Stirn gerunzelt, ebenso die anderen am Tisch. Niemand versteht, warum wir lachen, also will ich sie aufklären, als mein Onkel wieder das Wort an sich reißt. „Du schenkst Laura einen Kochkurs? Warum?"

Sascha lehnt sich auf seinem Stuhl nach hinten, verschränkt die Arme vor der Brust, als müsse er sich verteidigen. „Weil Laura nie kocht, sie bringt immer nur Dosen voller Essen nach Hause und isst das. Aber nie kocht sie hier."

„Du bist doch Koch, warum bringst du es ihr nicht bei?", wirft Alex ein und ich muss ihm recht geben, das ist theoretisch ein guter Einwand.

„Ich habe einmal angeboten, mit ihr zusammen zu kochen, aber sie hat dermaßen vehement abgelehnt, dass ich mich schon blutend in der Ecke liegen sah."

„Das stimmt gar nicht!", werfe ich ein, werde aber ignoriert.

„Also schenkst du ihr einen Kochkurs?", fragt mein Onkel noch einmal und Sascha nickt bestätigend.

„Was glaubst du, wer das hier alles gekocht hat?", schaltet sich meine Tante ein.

„Du?", kommt es von Sascha, allerdings schon sehr viel weniger selbstsicher als normalerweise.

„Nein." Sie schüttelt den Kopf. „Das hat alles Laura gemacht. Auch das meiste dessen, was sie mit nach Hause nimmt, hat sie bei mir im Restaurant gekocht. Ich will nicht abstreiten, dass sie auch manchmal Reste von dem mitnimmt, was im Restaurant übrig bleibt oder was ich zu Hause gekocht habe. Aber das meiste ist von ihr selbst. Sie nutzt nur meine Küche."

„Du kannst kochen?" Sascha sieht mich

völlig entgeistert an und ich bekomme ein schlechtes Gewissen.

„Ja, kann ich", gebe ich schließlich kleinlaut zu. „Ich habe nie das Gegenteil behauptet."

„Du hast gesagt, du versuchst, etwas herzustellen. Das ist für mich nicht das Gleiche!"

„Nun, für mich schon!"

Streiten wir uns gerade ernsthaft vor unseren Freunden und unserer Familie?

„Also schenkst du ihr einen Kochkurs, damit sie ohne dich kochen lernen kann, statt dass du sie einfach versorgst?", hakt mein Onkel noch einmal nach und so langsam frage ich mich, worauf er hinauswill.

„Ich kann ja nichts kochen, wenn sie immer schon satt ist oder gerade isst oder den Kühlschrank voll hat", rechtfertigt sich Sascha und mein Onkel nickt ihm zustimmend zu.

„Du solltest ihn heiraten", richtet sich Onkel Yasin schließlich an mich und mit einem Mal ist es mucksmäuschenstill am Tisch.

„Was? Nein! Wir sind Freunde und Mitbewohner, aber kein Paar", wende ich ein.

Mein Onkel sieht mich ernst an, zieht eine Augenbraue hoch und lehnt sich leicht über den Tisch, in meine Richtung.

„Das hören alle hier am Tisch. Das akzeptiert die Hälfte hier am Tisch als Status quo. Aber das glaubt euch niemand."

Völlig geschockt weiß ich nicht, was ich darauf antworten soll. Auch Sascha schweigt, doch als ich zu ihm sehe, sieht er nicht halb so geschockt aus wie ich. Er sieht mich ernst an, statt entgeistert, wie ich es erwarten würde.

Was wird das hier?

„Also, wirst du ihn heiraten?", fragt mich mein Onkel.

„Dazu müsste er mich ja erstmal fragen", fällt mir gerade noch eine Rettungsleine ein. Dagegen kommt keiner an.

Nur dummerweise habe ich nicht mit meinem Onkel gerechnet.

„Wann wirst du sie fragen?"

Ich sehe zu Sascha, der seinen ernsten Blick auf meinen Onkel richtet und schließlich nickt. „Wenn ich mir sicher bin, dass sie Ja sagt."

„Guter Mann." Mein Onkel richtet sich wieder an mich, hält meinen Blick fest. „Wirst du Ja sagen?"

Das können die doch nicht ernst meinen, oder? So geht das nicht!

„Nein!", entgegne ich entgeistert.

„Gute Frau", nickt mein Onkel mir zu.

Ich wäge mich in Sicherheit, als er plötzlich seinen Stuhl nach hinten schiebt, aufsteht und Sascha zunickt, der daraufhin ebenfalls aufsteht.

„Was wird das?", frage ich mit einem leichten Anflug von Panik in der Stimme. Vielleicht mehr als nur leicht.

„Wir gehen eine Hochzeit planen", antwortet mein Onkel und beide verlassen die Wohnung.

Ich weiß nicht, wie lange ich völlig regungslos auf meinem Stuhl sitze und mir wünsche, das alles nur geträumt zu haben.

Meine Tante ist es schließlich, die mich aus meinen Gedanken reißt.

„Es wird schon alles gut werden, du wirst sehen."

Unsicher blicke ich zu meinen Freundinnen, aber die beiden grinsen mich nur an.

Was auch immer die beiden Männer da wirklich aushecken, es wird eine Katastrophe.

Kapitel 19

19. Dezember 2018

Die Monate seit meinem Geburtstag sind ruhig vergangen, weder mein Onkel noch Sascha haben mich mit seltsamen Ideen überfallen und ich habe angefangen, die Aufregung des Abends zu vergessen. Mittlerweile bin ich beinahe davon überzeugt, dass ich mir die seltsame Unterhaltung nur eingebildet habe. Allerdings würde es sehr gut zu meinem Onkel passen, hinter meinem Rücken eine Hochzeit zu organisieren, nur, damit er seinen Willen durchsetzen kann.

Ich beruhige mich immer wieder damit, dass weder Mona, noch Alex meinen Onkel nach draußen begleitet haben. Die beiden haben schließlich ihre Erfahrung damit, heimliche Hochzeiten zu organisieren und unwillige Bräute hinters Licht und vor den Altar zu führen. Und mein Onkel würde es niemals ohne die beiden schaffen, da bin ich mir sicher.

Es kann also gar nichts passieren.

Und trotzdem bewege ich mich keinen Millimeter und stelle das Atmen ein, als Sascha morgens mit einer großen Schachtel im Schlafzimmer auftaucht und sie neben mir auf der Matratze abstellt.

„Was ist das?", frage ich daher misstrauisch und bewege mich leicht davon weg. Wir haben solche Schachteln im Laden. Was, wenn sich darin ein Brautkleid befindet? Bin ich dazu bereit?

„Hör auf, dir deinen schönen Kopf zu zerbrechen und mach es einfach auf", lacht Sascha mich aus und schiebt die Schachtel näher zu mir.

Langsam richte ich mich auf und ziehe sie Stück für Stück auf meinen Schoß. Für ein Brautkleid ist der Inhalt zu leicht. Glaube ich zumindest. Vorsichtig hebe ich den Deckel an, schließe aber sicherheitshalber die Augen, um nicht direkt in Ohnmacht zu fallen.

„Mach schon die Augen auf."

Ich tue, wie mir geheißen und öffne erst das eine, dann das andere Auge langsam, nur um beim ersten Blick den Deckel ganz herunterzureißen und von mir zu werfen, ohne zu schauen, was oder wen ich treffen könnte.

„Wo hast du das her?", frage ich leise und lasse meine Finger über den Stoff gleiten. „Ich habe mit allem gerechnet, aber nicht damit." Meine Stimme wird immer leiser, ehrfürchtiger.

Ganz vorsichtig hebe ich den Haufen

Stoff heraus, stelle mich auf das Bett und halte das Kunstwerk vor mich.

„Du hast mir mal davon erzählt und als ich in deine Sammlung geschaut habe, fehlte das Stück immer noch. Also hier ist es. Bereit für unseren Filmabend am Montag."

„Heilig Abend? Du bist zu Hause?"

„Ja, bin ich."

Sascha schafft es kaum, mich aufzufangen, so fest werfe ich mich glücklich quietschend in seine Arme.

„Danke", murmele ich an seinem Hals und drücke ihn noch fester. „Du hast keine Ahnung, wie viel mir das bedeutet."

„Gern geschehen. Ich konnte mir doch nicht entgehen lassen, dich in einem Pyjama voller Quietscheenten zu sehen."

Erwähnte ich schon einmal, dass ich diesen Mann liebe? Nein? Nun, ich liebe diesen Mann. Umso mehr, weil er mich immer wieder mit solchen kleinen Dingen überrascht.

„Aber jetzt musst du mich loslassen, Maus, du musst zur Arbeit", sagt er irgendwann und ich halte ihn noch etwas fester, atme tief seinen Geruch ein, der mich jede Nacht beruhigt und vor schlimmen Träumen beschützt.

„Ich will aber nicht", jammere ich. „Ich will den Pyjama anziehen und mich mit dir auf die Couch kuscheln und Filme schauen."

„Wir müssen beide arbeiten."

„Es kann ja auch was anderes sein als ein Horrorfilm", versuche ich es weiter. „Bitte."

Aber Sascha lässt sich nicht erweichen, ich spüre nur, wie sein Brustkorb an meinem rumpelt, als er lacht.

„Nein, wir schwänzen heute nicht. Wir melden uns auch nicht krank. Du gehst duschen, ich mache dir Tee und dann frühstücken wir. Los."

Er gibt mir einen Klaps auf den Hintern und vor Staunen lasse ich ihn los. Das hat er noch nie gemacht. Noch bevor ich entschieden habe, ob ich etwas sagen will oder nicht, hat er mir einen Kuss auf die Stirn gedrückt und verlässt wieder das Schlafzimmer.

„Mach hin, sonst kommst du zu spät. Und ich will deinem Onkel nicht erklären müssen, warum das so ist", ruft er mir noch aus dem Flur zu.

Nein, das will ich auch nicht.

Ich wüsste nicht einmal, wie ich das erklären sollte.

Komme ich zu spät, weil ich nach Jahren endlich einen Pyjama mit Quietscheenten habe, den ich Sascha gegenüber nur ein einziges Mal erwähnt habe?

Oder weil ich immer noch das Gefühl habe, seine Hand auf meinem Hintern und seine Lippen auf meiner Stirn spüren zu können?

„Ich werde eindeutig verrückt", murmele ich vor mich hin und begebe mich schließlich unter die Dusche.

Hilft ja alles nichts.

Kapitel 20

15. Februar 2019

„Aufstehen, wir gehen joggen", weckt mich Saschas nervige Stimme und noch im Halbschlaf ziehe ich mir die Decke über den Kopf.

„Geh weg."

„Nein, ihr habt gestern gesagt, dass ihr laufen gehen wollt und ihr habt gesagt, ihr fangt heute damit an. Also fangen wir heute auch damit an."

„Da waren wir nicht zurechnungsfähig", murmele ich und klammere mich mit Armen und Beinen an die Decke, als er versucht, sie wegzuziehen.

„Wieso nicht zurechnungsfähig?" Sascha lacht mich aus und schließlich gelingt es ihm, mir die Decke abzunehmen.

„Weil Valentinstag war, die beiden immer noch bis über beide Ohren in ihre Männer verliebt sind und Ella außerdem im Babyfieber ist. Damit ist was auch immer wir am Valentinstag beschließen, total hinfällig."

Meine Argumentation entlockt ihm nur ein Kopfschütteln.

„Ella ist bereits auf dem Weg hierher,

genauso Mona. Wir werden heute also laufen gehen."

„Warum überhaupt wir?" Ich setze mich im Bett auf und richte meinen verschlafenen Blick auf ihn. „Du kommst doch gar nicht mit."

„Und ob ich mitkomme", entgegnet er und ich bemerke, dass er bereits in Laufshirt und Hose vor mir steht. Mir wird beim Anblick seiner kurzen Ärmel und nackten Arme direkt wieder kalt. So gehe ich bestimmt nicht vor die Tür.

„Wieso?", konzentriere ich mich wieder auf unsere Unterhaltung, versuche, mich nicht weiter von seinen Armen und den faszinierenden Tattoos ablenken zu lassen. Ich kann mich daran nicht sattsehen.

„Ihr seid auf die glorreiche Idee gekommen, schon morgens laufen zu wollen, bevor ihr zur Arbeit müsst. Und weil es da noch dunkel ist, haben wir Männer beschlossen, dass einer von uns mitläuft. Viper lassen wir außen vor, da er sich um Linn kümmert, aber entweder Alex oder ich werden immer mit dabei sein."

Ich stöhne auf, kann mich vage daran erinnern, dass Mona mit Alex diskutierte, wie unnötig das sei, schließlich sind wir zu dritt unterwegs.

„Ich will nicht, dass du mitkommst", versuche ich es auf eine andere Tour, aber Sascha sieht mich nur mit einer hochgezogenen Augenbraue an und schüttelt den Kopf.

„Keine Option. Raus aus dem Bett, zieh dich um. Du hast noch fünf Minuten."

„Ich hasse dich!", werfe ich ihm an den Kopf, während ich ins Bad tappe.

„Nein, du liebst mich", entgegnet er und ich stocke einen Moment. Woher weiß er davon? „Trotzdem, ab ins Bad", spricht er im nächsten Augenblick weiter und ich atme erleichtert auf.

Vielleicht war das einfach nur so dahergesagt.

Vielleicht war das nur ein Scherz.

Vielleicht aber ... vielleicht weiß er doch, was ich für ihn empfinde?

Vielleicht.

„Wer hatte eigentlich die bescheuerte Idee, laufen zu gehen?", keuche ich und stütze mich vornübergebeugt mit den Händen auf meinen Oberschenkeln ab, um nicht ganz das Gleichgewicht zu verlieren.

„Du!", antworten Ella und Mona unisono und ich zucke zusammen.

„Kann gar nicht sein", versuche ich abzulenken und atme kontrolliert ein und aus, um meine Atmung und meinen Herzschlag zu beruhigen.

„Ich habe die Nachrichten noch", presst Ella hervor. „Als wir beim Wellness waren, warst du auf einem der Laufbänder, was wir beide", sie zeigt zwischen Mona und sich hin und her, und ich bewundere sie, dass sie dabei nicht umfällt, „schon für total irrsinnig gehalten haben. Wer bitte geht *laufen*, wenn er sich eine Massage gönnen kann? Jedenfalls hast du danach gesagt, es sei total super und entspannend gewesen und du hast uns in den Ohren gelegen, dass wir doch zusammen laufen gehen sollen, weil du allein nicht laufen willst."

Sie hat leider recht, das Ganze war meine Idee. Was noch lange nicht heißt, dass ich sie jetzt immer noch gut finden muss.

„Ich finde", beginne ich, „einmal ausprobieren reicht. Auf dem Laufband ist das ganz anders. Das machen wir nicht nochmal."

„Oh doch, werden wir sehr wohl", schaltet sich Mona ein. „Ich habe mir nicht eine ganze Kollektion an Laufsachen zugelegt, inklusive passender Schuhe, nur, damit du jetzt einen Rückzieher machst. Wir werden laufen gehen, verlass dich drauf! Sascha wird uns helfen, oder?"

Wir alle blicken ihn an, doch er zuckt nur mit den Schultern.

„Werde ich wohl", stimmt er schließlich zu und ich richte mich auf, zeige anklagend mit meinem Finger auf seine Brust.

„Ich bin deine Freundin! Du kannst mir nicht in den Rücken fallen!"

„Wer ist mir denn zuerst in den Rücken gefallen, indem sie mir einfach verschwiegen hat, wie gut sie eigentlich kochen kann, hm?"

Empört stemme ich die Hände in die Hüfte.

„Du kannst nicht immer wieder mit den alten Kamellen ankommen! Mittlerweile solltest du doch darüber hinweggekommen sein!"

„Von wegen, ich bin ein nachtragender Mensch. Ich habe dir das noch lange nicht verziehen."

„Also, das ist doch", beginne ich und stocke dann, als mir auffällt, dass meine Freundinnen uns grinsend zusehen. „Was ist los?", frage ich sie daher.

Aber keine der beiden antwortet mir, sie grinsen nur weiter und nicken sich schließlich zu.

„Nichts weiter", lenkt Ella schließlich ein. „Wir fahren jetzt nach Hause, du solltest auch duschen gehen und dann zur Arbeit. Wir sehen uns heute Abend im *Viper.*"

„Also, wann habt ihr endlich das erste Date?", begrüßt mich Ella, kaum, dass ich mich zu Mona und ihr an unseren Stammtisch gesetzt habe.

Es tut gut, wieder unten im Gastraum zu sein und nicht bei Ella oben. Ihre Wohnung ist wunderschön, aber mir fehlte in der letzten Zeit der Trubel der Bar. Doch wegen ihrer kleinen Tochter wollte Ella nicht zu oft und zu lange in der Bar sein. Meist arbeitet Viper abends noch hinter der Theke und keiner der beiden war schon bereit, Linn einem Babysitter anzuvertrauen, was ich verstehen kann.

Aber heute ist es so weit. Sie haben jemanden gefunden, der auf die Kleine aufpasst, und probieren das erste Mal aus, beide allein zu lassen. Ich bin gespannt, wie lange Ella durchhält. Sie ist keine Glucke, aber sie ist unglaublich gern mit ihrer süßen Tochter zusammen.

Wer könnte es ihr verübeln?

„Wieso Date?" Ich schüttele verwirrt den Kopf. „Und wer überhaupt?"

„Stell dich nicht dümmer, als du bist", schaltet sich Mona ein. „Wir meinen Sascha und dich. Zwischen euch fliegen die Fetzen und die Funken, da muss doch endlich mehr sein, als nur Mitbewohner. Oder?"

„Nein, nichts weiter. Wirklich nicht."

Sie sehen mich erstaunt an.

„Das kann doch nicht sein. Schlaft ihr immer noch in einem Bett?"

„Fast jeden Abend", gebe ich zu. „Nur manchmal braucht einer von uns Abstand, dann gehe ich in das zweite Zimmer."

Als mich beide breit angrinsen, runzele ich die Stirn und halte mit meinem Glas mitten auf dem Weg zum Mund inne, setze es wieder ab.

„Was habe ich jetzt schon wieder gesagt, das euch freut?"

„Du hast gesagt, du gehst in das zweite Zimmer", erklärt Ella. „Du hast es nicht *dein* Zimmer genannt, sondern das *zweite* Zimmer. Du siehst sein Zimmer schon als eures an."

„Das ist nur", starte ich damit, mich zu verteidigen, aber beende meinen Satz nicht. Sie haben recht. Was auch immer ich jetzt sagen würde, es wäre gelogen. Und alle an diesem Tisch wissen es. „Ja, tue ich." Es laut zuzugeben, fällt mir unglaublich schwer. „Aber abgesehen davon und vom Kuscheln auf der Couch gibt es keinerlei Intimität zwischen uns."

„Gar nichts?", fragt Ella enttäuscht.

„Wirklich nichts", bestätige ich. „Ich bekomme von ihm mal einen Kuss auf die Stirn, aber das war es auch schon. Kein Händchenhalten, keine Umarmungen, die über Trösten hinausgehen, nichts. Also nur Mitbewohner."

„Du musst das ändern", fordert Mona. „Sascha war nie ein sonderlich geduldiger Mensch und das hier geht schon länger, als ich ihm je zugetraut hätte. Also lade ihn endlich auf ein Date ein. Oder mach es euch zu Hause gemütlicher als sonst, koch sein Lieblingsessen, stell Kerzen auf, das ganze Programm."

Ich sage ihnen nicht, dass ich schon das ein oder andere Mal – oder auch öfter – darüber nachgedacht habe, genau das zu tun. Doch dann habe ich die Idee jedes Mal wieder verworfen. Was, wenn ich mich damit lächerlich mache? Was, wenn er wirklich nur ein guter Freund ist, der sich immer noch Sorgen um mich macht und deswegen mit mir in einem Bett schläft? Um mich aus schlechten Träumen wecken zu können?

Es ist eine Ewigkeit her, seit ich schlecht geträumt, oder auch nur schlecht geschlafen habe. Aber es kann ja sein, dass er sich immer noch Gedanken darüber macht.

„Ich habe Angst", gestehe ich und rede direkt weiter, als ich sehe, wie Ella ansetzt, auch etwas zu sagen. „Ihr werdet jetzt sagen, dass man ihm seine Gefühle ansieht, ich weiß. Das höre ich ja nicht zum ersten Mal. Aber der Punkt ist, dass ich dem nicht vertraue. Ich habe bei René lang genug geglaubt, dass er es ernst mit mir meint. Und was hat mir das gebracht? Ein gebrochenes Herz und unendliches Chaos. Ich will sicher sein, dass mein Herz bei Sascha in guten Händen ist."

Mona greift nach meiner Hand und sieht mir ernst in die Augen.

„Du wirst diese Sicherheit nie haben, wenn du ihm keine Chance gibst. Gib ihm die Chance, sich zu beweisen, so wie Ella das mit Viper getan hat und ich mit Alex. Nur so wirst du erfahren, welches Potential in euch steckt. Ihr seid einzeln wunderbar, aber zusammen könntet ihr unschlagbar sein."

„Denk darüber nach", stimmt Ella ihr zu und drückt ebenfalls meine Hand. „Und wenn es nicht halten sollte – was wohlgemerkt keiner von uns glaubt – dann hast du vier Menschen, die ihn mit Fackeln und Heugabeln aus der Stadt vertreiben. Und eine ganze Bar, um den Kummer in Alkohol oder Johannisbeerschorle zu ertränken, wenn es sein muss."

Ich kann die Tränen kaum zurückhalten, die sich vor Dankbarkeit in meinen Augenwinkeln sammeln.

„Womit habe ich euch nur verdient?", frage ich gerührt und lache, als Viper bei uns auftaucht.

„Das frage ich mich auch immer wieder. Jetzt entführe ich euch aber meine Frau, wir haben eine Babysitterin, die abgelöst werden will."

„Ist es schon so spät?" Ella steht hastig auf, völlig geschockt davon, so sehr die Zeit vergessen zu haben.

„Alles okay", beruhigt Viper sie. „Sie kommt klar, sie hat mir alle halbe Stunde geschrieben, wie vereinbart. Du hast diesen Abend hier unten gebraucht, Kleines."

Als er ihr einen Kuss auf die Stirn drückt, seufze ich auf.

Ja, genau das will ich auch.

Das hast du, flüstert mir meine innere Stimme zu, doch wie immer unterbreche ich meine Gedanken daran und ignoriere sie, so gut es geht.

Trotzdem geistert mir noch eine ganze Weile das Gefühl durch den Kopf, das Saschas Lippen auf meiner Stirn hinterlassen, wenn er mich dort küsst.

Ja, genau das will ich wieder.

Kapitel 21

10. April 2019

Müde schlage ich die Augen auf und versuche vergeblich, mich zu bewegen. Keine Chance, ich bin wie ein Burrito in meine Decke eingewickelt und wie immer, wenn das passiert, schläft Sascha auf dem losen Ende, als könnte er mich anders nicht im Bett halten.

Ich zappele, versuche irgendwie, Luft zwischen meinen Körper und die Decke zu bekommen, doch nichts tut sich. Also gehe ich dazu über, Sascha mit meinen Beinen anzustupsen, was mich ziemlich viel Kraft kostet. Kraft, die ich nicht mehr in den Beinen habe, weil ich gestern erst mit meinen Freundinnen joggen war, und abends dann noch zu lang im Restaurant meiner Tante durch die Küche gelaufen bin.

Sascha bewegt sich kein Stück, selbst, als ich ihn immer wieder laut anspreche, verändert sich zwar sein Schnarchen, aber sonst wacht er kein bisschen auf. Ich wäre erfolgreicher damit, den Mount Everest ohne Training zu besteigen, als diesen Mann aufzuwecken, wenn er einmal schläft. Selbst meinen Wecker überhört er, was ich immer wieder erstaunlich finde. Dafür springt er an anderen Tagen aus dem Bett, als wüsste er gar nicht, was tiefer Schlaf ist.

So sorgt er heute dafür, dass ich das Bett erst viel zu spät verlasse. Als ich es endlich ins Bad schaffe, müsste ich schon längst bei der Arbeit sein.

Mein Make-up muss heute also kleiner ausfallen als sonst und ich nehme den Bus, um nicht noch später zu kommen.

Doch ich habe Glück. Als ich den Brautladen betrete, bin ich nur zwanzig Minuten zu spät, was Onkel Yasin in der Regel verzeiht. Nur heute begrüßt er mich mit einem Gesichtsausdruck, bei dem ich am liebsten direkt wieder gehen würde.

Er ist sauer.

Und wenn es eines gibt, das ich in all den Jahren, die ich bei ihm und Tante Sibel gewohnt habe, selten gesehen habe, dann war es ein schlecht gelaunter Onkel Yasin. Er hat immer gute Laune. Unabhängig vom Wetter, der Politik, dem Zeitgeschehen. Was auch immer passiert, man kann sich darauf verlassen, dass Onkel Yasin gute Laune hat.

Zumindest bis heute.

Um der wahrscheinlich bevorstehenden Explosion noch eine Weile zu entgehen, verkrieche ich mich in unserer kleinen

Teeküche und bereite uns einen beruhigenden Jasmintee zu.

Als der Tee fertig ist, wage ich mich mit beiden Tassen vorsichtig nach vorn in den Verkaufsraum, wo mein Onkel wütend Kleiderpuppen von einer Ecke in die andere räumt und scheinbar nie zufrieden ist.

Mutig versuche ich herauszufinden, was seine schlechte Laune verursacht hat, also frage ich direkt: „Hier, dein Tee, Onkel Yasin. Was ist passiert?"

Er grummelt eine Weile vor sich hin, bevor er mir antwortet.

„Deine Cousine wird heute herkommen, sie braucht ein Brautkleid."

„Und warum hast du dann schlechte Laune?", wage ich mich weiter vor. Er sollte sich freuen. Unsere Familie ist nicht sonderlich groß und meine Cousine – die einzige, die ich habe - ist eine wunderbare Frau. Ruhig, ausgeglichen, immer freundlich. Zumindest kenne ich sie nur so. Es gibt also aus meiner Sicht keinen Grund, warum ihn das aufregen sollte.

„Weil sie ein ganz bestimmtes Kleid angefragt hat. Und das ist nicht für sie bestimmt."

Ich beginne den Grund seiner Wut zu verstehen. Für Onkel Yasin gibt es für jede Braut genau ein Kleid – und dieses Kleid passt auch zu niemandem sonst. Deswegen führen wir fast ausschließlich Einzelstücke, oder schlichte Grundmodelle, die er für jede Braut einzeln anpasst. Am Ende verlässt jede werdende Ehefrau mit einem Unikat den Laden.

Aber so ganz begreife ich noch nicht, warum ausgerechnet der Wunsch meiner Cousine ein Problem ist.

„Warum ist das schlimm?", frage ich also, um endlich zu verstehen.

„Sie will dieses Kleid."

Als ich sehe, auf welches Kleid er zeigt, wird mir schlecht. Das Kleid ist *mein* Kleid. Mein persönlicher Traum aus marokkanischer Seide, mit einem engen Oberteil, das mit handgefertigter Spitze verziert ist und winzige Akzente aus per Hand aufgenähtem Strass enthält.

Es ist mein absolutes Traumkleid. Wenn es möglich wäre, würde ich dieses Kleid heiraten. Richtig, nicht *in* diesem Kleid, sondern dieses Kleid. In Japan ist es möglich, Gegenstände zu heiraten und sobald das hier in Deutschland geht, heirate ich dieses Kleid.

Ich liebe es abgöttisch, freue mich jedes Mal, wenn ich es sehe.

Und doch gibt es nur wenig, das mich

jemals so sehr enttäuscht hat, wie eben dieses Kleid.

Ein einziges Mal habe ich es gewagt, es anzuprobieren. Ich wollte mich ein Mal wie eine Prinzessin fühlen, wie die schönste Braut der Welt.

Doch das Kleid selbst hat mir einen Strich durch die Rechnung gemacht.

Mein Herz ist vielleicht für dieses Kleid geschaffen, dieses Kleid jedoch nicht für mich.

Ich bin schlicht und ergreifend zu klein. Meine 157 Zentimeter reichen nicht aus, damit es perfekt sitzt. Mein Becken ist zu breit, zu „gebärfreudig", wie man gemeinhin sagt. So schlank ich auch bin, so sehr ich meinen Körper liebe, er passt einfach nicht zu diesem Kleid.

Also versuche ich, dies als ein Zeichen zu sehen. Ein Zeichen dafür, dass ich das Kleid ziehen lassen muss, dass es eine Frau geben wird, der es auf den Leib geschneidert ist.

Eine Frau wie meine Cousine.

Bis sie im Laden eintrifft, vergehen ein paar Stunden, in denen ich mich daran gewöhne, dass ich ihr gleich in mein Kleid helfen werde.

Ich gebe mir Mühe, als sie kommt. Ich korrigiere den Sitz des Rockes, zupfe ein wenig die Spitze zurecht und sterbe innerlich unzählige Tode, als sie die Umkleide verlässt und sich ihrem Publikum zeigt.

Alle sind begeistert, was ich absolut verstehe. Das Kleid ist ihr wie auf den Leib geschneidert. Es ist, als hätte Onkel Yasin bei ihr Maß genommen und das Kleid speziell für sie in Auftrag gegeben.

Das wird nach einigen Minuten auch meinem Onkel klar. Er zieht noch hier und da ein wenig am Stoff, steckt einige Dinge ab und dann passiert das undenkbare: Er lächelt.

In diesem Moment weiß ich, dass ich verloren habe. Das Kleid hat seine Braut gewählt, doch diese Braut bin nicht ich.

Und ich kann es nicht ertragen, absolut nicht.

Bis heute habe ich mich nie für einen missgünstigen oder unvernünftigen Menschen gehalten, aber der Tag heute zeigt mir, dass ich beides bin. Ich bin missgünstig und unvernünftig.

Während meine Cousine sich dort vor den Spiegeln bewundert, würde ich sie am liebsten anschreien, kann mich gerade so beherrschen.

Wie von Außen sehe ich mir dabei zu, wie ich ihr später aus dem Kleid helfe, es in seine schützende Hülle packe und mich schlussendlich von ihr und ihren Begleitern verabschiede.

Sie wird dieses Kleid kaufen und das kann ich nicht zulassen.

„Onkel Yasin, ich fühle mich nicht gut. Darf ich nach Hause gehen?"

Er sieht mich aufmerksam an, mitleidig beinahe. Als wüsste er, was ich fühle, weil ich meinen Traum verloren habe. Er sagt nichts weiter, nickt nur und ich umarme ihn zum Abschied.

Ich gehe nach hinten in die Schneiderei, nehme meine Handtasche und Jacke, verabschiede mich von unserer Schneiderin und mache im Hinausgehen das Unverzeihliche. Ich greife nach der Hülle, in der mein Traum sicher aufbewahrt ist, und verlasse durch den Hintereingang den Brautladen.

Endlich zu Hause angekommen suche ich meine beste Unterwäsche heraus, Stücke, die es wert sind, unter so einem Kleid getragen zu werden. Ich nehme es aus der Hülle, steige vorsichtig hinein und beginne zu weinen, als ich den Reißverschluss an der Seite nicht schließen kann, geschweige denn die Knöpfe am Rücken.

Noch weinend stapfe ich in die Küche,

mache mir meine Lieblingsschorle mit Johannisbeersaft und versuche, das Schluchzen zurückzudrängen, das in meiner Kehle aufsteigt. Ich scheitere kläglich, als ich zwei Tropfen Saft auf die Seide tropfen lasse.

Wirklich, ich will das Kleid retten. Auch wenn ich tief in mir weiß, dass es nicht mehr zu retten ist, weil marokkanische Seide solch einen Patzer nicht verzeiht. Doch ich lasse Wasser in die Badewanne laufen, gebe mein bestes Badeöl hinein, hole mir eine Packung Chips und meine Schorle, setze mich voll bekleidet in das lauwarme Wasser.

Gut, vielleicht will ich das Kleid doch nicht so dringend retten.

Ich weiß nicht, wie lang ich in der Wanne sitze, bis Sascha nach Hause kommt und mich so vorfindet.

„Hey", die Wärme in seiner Stimme hüllt mich ein wie eine kuschelige Decke und tröstet mich für einen kurzen Moment. „Was ist passiert?"

Ich kann ihn nicht ansehen, nicht einmal, als er mir über die Wange streicht und mit seinen Fingern meinen Blick in seine Richtung lenkt. Ich schüttele stumm den Kopf, beginne wieder zu weinen, so grauenhaft und unverzeihlich ist meine

Tat.

Ich weine noch mehr, als er aufsteht und sich umdreht. Ich denke, dass er mich verlassen will, so, wie dieses Kleid mich verließ, zu einer anderen Braut statt zu mir wollte. Doch wenige Augenblicke später ist er zurück, wischt mir mit einem warmen Waschlappen vorsichtig das Gesicht sauber.

„Ich weiß nicht, ob wir die Flecken aus dem Kleid bekommen", flüstert er so leise, dass ich ihn über meinen Schluckauf kaum verstehe. „Aber erstmal sollten wir dich aus der Wanne holen und aufwärmen."

Er lässt das Wasser ab, schält mir das Kleid vom Körper, macht weder einen Kommentar zu meiner Unterwäsche, noch gibt er sonst einen Laut von sich. Er bleibt völlig stumm, wickelt mich in ein dickes, flauschiges Handtuch, hebt mich hoch und setzt sich mit mir im Arm auf die Couch im Wohnzimmer.

„Sag mir, was passiert ist", bittet er leise und mit einem Mal sprudeln die Worte nur so aus mir heraus.

„Sie wollte mir mein Kleid wegnehmen. Dies ist mein Kleid, es hat schon immer zu mir gehört. Ich habe es zuerst gesehen und sie kann nicht einfach haben, was mein ist, das geht nicht. Ich kann das nicht zulassen. Es ist mein Kleid, es hätte mein Kleid sein sollen bei meiner Hochzeit!"

Er sagt nichts, hält mich nur fest im Arm und wiegt mich leicht hin und her, versucht, mich so zu beruhigen.

Aber der Schmerz in mir lässt sich nicht besänftigen.

Und plötzlich weiß ich, was ich tun muss. Was ich schon längst hätte tun sollen. Es kann so nicht weitergehen.

„Sascha?"

„Ja, Mäuselchen?"

„Ich liebe dich, aber ich kann das mit uns nicht mehr. Ich will die Scheidung."

Ich kann an meiner Schulter spüren, wie sein Herzschlag aussetzt. Ich zähle die Sekunden, bis er schließlich tief Luft holt und mein Herz ein zweites Mal an diesem Tag brechen lässt. So, wie ich seines brechen fühle.

„Okay."

Diesmal versuche ich gar nicht erst, das Schluchzen zurückzuhalten.

„Du kannst dich nicht scheiden lassen."

Ich schlage träge die Augen auf und kann kaum etwas sehen, so dunkel ist es im Zimmer. Es muss mitten in der Nacht sein.

„Was? Warum nicht?", frage ich, immer noch nicht wach und muss im nächsten Augenblick die Lider zusammenkneifen, weil Sascha das Licht auf dem Nachttisch einschaltet und es unnatürlich hell wird.

„Wir sind nicht verheiratet", antwortet er mit fester Stimme. „Du kannst dich nicht scheiden lassen, solange wir nicht verheiratet sind."

„Dann frag mich doch endlich, du Idiot!", fauche ich ihn an, doch er bleibt ruhig.

„Ich werde dich nicht fragen, solange du nicht bereit bist, zu verzeihen."

Verwirrt setze ich mich auf, streiche mir ein paar verirrte Haarsträhnen aus dem Gesicht. „Was soll ich verzeihen?"

„Die Sache mit deinem Ex", beginnt er, doch ich unterbreche ihn sofort.

„Ich kann René nicht verzeihen, was er mir angetan hat. Er hat mich nicht einfach verletzt, Sascha. Er hat etwas aus mir gemacht, das ich nie sein wollte. Er hat eine Ehebrecherin aus mir gemacht", rechtfertige ich mich, aber er lächelt mich nur traurig an.

„Du sollst nicht ihm verzeihen, Laura. Du sollst dir selbst verzeihen, dass du ihm vertraut hast. Verzeih *dir selbst*, dass du ihm dein Herz geschenkt hast, dass du ihm bedenkenlos geglaubt hast. Erst, wenn du das kannst, werde ich dich fragen, ob du mich heiratest."

„Meinst du das ernst?", frage ich nach einigen Minuten geschockt und er nickt.

„Ja, ich meine das ernst. Du hast mir gestern Abend gesagt, dass du mich liebst. Für den Fall, dass es noch nicht bei dir angekommen ist: Ich liebe dich. Aber ich will eine Beziehung ohne Vorbehalte. Ich will hundert Prozent, nicht nur einen Teil von dir. Dazu gehört, dass du wirklich bereit sein musst, dich auf uns einzulassen. Und das bist du nicht, solange du dir selbst nicht verzeihen kannst."

Schweigend sehe ich ihn an und lasse mir seine Worte durch den Kopf gehen. Hat er recht? Hadere ich deswegen mit uns, weil ich mir nicht verzeihen kann, dass René mich so hinterging? Dass ich es zugelassen habe, weil ich nichts bemerkte?

„Du hättest es nicht verhindern können", sagt er und lehnt sich zu mir, gibt mir einen zarten Kuss auf die Stirn. „Ich werde weiter auf dich warten, aber lass dir nicht zu viel Zeit. Hör auf, dein Leben auf Pause zu stellen, bloß weil er dich so verletzt hat. Ich weiß, dass das nicht ohne ist. Aber du solltest es dir selbst wert sein, dir zu verzeihen."

Er steht auf, greift sich seine Decke und sein Kissen und wirft mir einen langen Blick zu.

„Ich schlafe heute im anderen Zimmer, ich brauche gerade etwas Zeit zum Nachdenken."

Und damit lässt er mich allein.

Stunden später liege ich immer noch wach und warte darauf, dass endlich der Wecker klingelt, damit ich eine Ausrede habe, um aus dem Bett aufzustehen.

Ich schleppe mich ins Bad, mache mich fertig und begebe mich direkt auf den Weg in den Brautladen, lasse das Frühstück ausfallen. Ich muss so früh wie möglich mit Onkel Yasin sprechen.

Als ich den Laden betrete, erwartet er mich bereits.

„Ich habe es kaputt gemacht. Ich wollte das nicht." Die Tränen kommen sofort und ich schlage mir die Hände vor das Gesicht, damit er sie nicht sieht.

Ich erwarte, dass er mich anschreit, dass er wütend ist, doch er kommt nur zu mir und nimmt mich fest in den Arm, führt mich nach einer Weile in unsere Küche und schiebt mich auf einen der Stühle.

„Setz dich, ich mache uns Tee und dann reden wir über das Kleid."

„Da ist nichts zu retten", sage ich, nachdem ich ihm erzählt habe, was ich alles damit gemacht habe.

„Das hast nicht du zu entscheiden, sondern ich", weist er mich zurecht. „Hol es her, ich will es sehen. Wir werden es hier trocknen und sehen, was wir machen können. Ich finde nicht gut, was du getan hast, aber ich kann es zum Teil verstehen. Ich wusste, dass du das Kleid nicht hergeben würdest, du es aber auch nicht für dich beanspruchen wolltest."

„Weil ich es doch nicht brauche", murmele ich.

„Das macht keinen Unterschied. Im Herzen hat es immer dir gehört, und es hatte ja auch viel Potential, war beinahe perfekt. Aber eben nur beinahe. Das ist mir leider auch erst klar geworden, als ich deine Cousine in dem Kleid gesehen habe."

Ich nicke zustimmend.

„Egal, ob wir etwas retten können oder nicht: Du wirst dabei helfen. Du wirst helfen, die Spitze neu aufzusticken und den Strass. Es ist mir egal, wie wund deine Finger danach sein werden und wie viel Blut du in den Handschuhen lässt, die du tragen wirst, um die Seide nicht zu ruinieren. Du wirst helfen."

„Ja, Onkel." Ich wage nicht, zu widersprechen. Ich an seiner Stelle hätte mich wahrscheinlich gefeuert, statt mir die Chance zu geben, es wiedergutzumachen.

„Und wir werden weder deiner Cousine noch jemand anderem aus der Familie davon erzählen, haben wir uns verstanden?"

„Danke." Ich sehe ihn an, sehe in seine strengen, liebevollen Augen und muss direkt wieder weinen, als mich darin Verständnis erwartet und keine Verurteilung.

„Jetzt mach dich frisch und hol das Kleid."

Und zum ersten Mal seit gestern Morgen kann ich wieder etwas leichter atmen.

Kapitel 22

16. Mai 2019

Seit über einem Monat brüte ich allein über der Frage, ob ich mir wirklich nicht verziehen habe, wie das mit René gelaufen ist.

Rein logisch weiß ich, dass mich keine Schuld trifft. Er war es, der mir vorgespielt hat, er wäre Single und ohne Familie. Er war es, der mich immer in dem Glauben gelassen hat, dass er mich liebt und wir eine gemeinsame Zukunft haben.

Aber bedeutet das auch, dass ich wirklich daran glaube, dass mich keine Schuld trifft?

Wie an so vielen Tagen treibt mich auch heute wieder die Frage um, ob meine Freunde ebenfalls der Meinung sind, dass ich noch nicht so weit bin, mich auf etwas Neues einzulassen. Auf jemanden Neues.

Ich hadere mit mir, bin mir nicht sicher, wie ich das Thema ansprechen soll, bis ich mir schließlich doch ein Herz fasse und meine Freundinnen einweihe bei unserem Mädelsabend.

Wir sitzen zu dritt bei Ella auf der Couch, mit einer verschnupften Linn im

Zimmer nebenan.

„Schläft sie denn mittlerweile durch?",
fragt Mona und schenkt uns noch etwas
alkoholfreien Punsch ein.

„Mal ja und mal wieder nicht", berich-
tet Ella. „Aber sie zahnt auch gerade, da
ist das normal. Ich bin nur so unglaublich
froh, dass ich Viper nicht bitten muss, sie
mir mal abzunehmen. Er steht noch vor
mir auf und kümmert sich um sie, wenn
sie wach wird. Es ist perfekt."

„Es sollte normal sein", bemerkt Mona
und ich stimme ihr nickend zu.

„Also, wann sagst du uns endlich, was
zwischen dir und Sascha vorgefallen ist?",
fragt mich Ella direkt und ich zucke
zusammen.

„Nichts", beginne ich. Als Mona Luft
holt und ansetzt, etwas zu sagen, rede ich
schnell weiter. „Und genau das ist das
Problem. Wir haben uns vor ein paar
Wochen gestritten. Zumindest glaube ich,
dass es ein Streit war. So ganz sicher bin
ich mir nicht, weil wir uns auch gesagt
haben, dass wir uns lieben. Aber seitdem
ist er seltsam distanziert. Wir schlafen
auch die meiste Zeit wieder getrennt,
dabei ist meine Tür offen."

Ella unterbricht mich, indem sie sich
vorlehnt und mir die Hand auf den Mund

legt. Mit riesigen Augen sieht sie mich an.

„Was? Fang von vorn an. Warum habt ihr euch gestritten?"

Sowohl sie, als auch Mona sehen mich ungeduldig an, als ich nicht direkt zu sprechen beginne. Ich deute nur auf ihre Hand, die immer noch meinen Mund verschließt und Ella wird rot, bevor sie die Hand wieder wegnimmt.

„Sorry", murmelt sie. „Das habe ich vor lauter Aufregung vergessen."

„Die Geschichte ist aber lang", warne ich vor, doch Ella winkt nur ab und reicht jeder von uns eine Kuscheldecke, die sie neben sich gebunkert hat.

„Wir haben Zeit", stimmt Mona mit ein. „Wir nehmen uns die Zeit."

Ich atme tief durch, sammle mich einen Moment und beginne dann zu erzählen.

„Ich habe ein Lieblingskleid bei Onkel Yasin. Oder besser: Ich *hatte* ein Lieblingskleid. Seit ich bei ihm arbeite, bin ich um dieses Kleid herumgeschlichen und das hat er natürlich gesehen. Er hat es nie einer anderen Braut angeboten, als wüsste auch er, dass mein Herz an diesem Kleid hängt. Das ist total bescheuert, aber ich war der Meinung, dass nur dieses Kleid zu mir passt. Ich bin da wohl nicht viel anders als mein Onkel."

Beide grinsen mich an und ich zucke mit den Schultern. Es ist, wie es ist.

„Es ist erst recht bescheuert, wenn man bedenkt, dass mir das Kleid nicht passt. Ich habe zu breite Hüften. Und bevor ihr jetzt schimpft, ich will und werde daran nichts ändern. Nebenbei müsste ich auch mindestens zehn Zentimeter wachsen und das wird eher nicht passieren. Das Kleid ist einfach nicht für meinen Körper gemacht, und ich habe mir eingeredet, dass ich damit leben kann, wenn ich es an einer anderen Frau sehe."

„Lass mich raten, das hat nicht geklappt?", fragt Ella und grinst.

„Nein, natürlich nicht. Aber das allein war es nicht. Ihr habt ja mal meine Cousine kennen gelernt – sie hatte das Kleid an und es saß wie angegossen. Ich habe ihr auch noch dabei geholfen, es anzuziehen. Und dann habe ich das Unverzeihliche getan: Ich habe das Kleid gestohlen."

Beide holen scharf Luft, sagen jedoch kein Wort.

„Onkel Yasin habe ich gesagt, dass ich mich nicht gut fühle und dann bin ich mit dem Kleid in der Hand durch den Hinterausgang raus und ab nach Hause. Ich erwähne jetzt nicht, dass ich die Nähte fast gesprengt habe, als ich versucht habe, ums Verrecken in dieses Kleid zu kommen. Dann habe ich es auch noch mit Saft und Make-up versaut. Oh, und um das zu retten, bin ich auf die glorreiche Idee gekommen, mitsamt Kleid in die Badewanne zu steigen. Natürlich inklusive Badezusatz. Ist ja nicht so, als wäre ich in pures Wasser gestiegen."

„Oh Mist", murmelt Mona. „Dein Onkel hat da keine Baumwolle hängen, die einem das verzeiht."

„Nein", stimme ich seufzend zu. „Das Kleid war eine Sonderanfertigung aus marokkanischer Seide, mit handgefertigter und aufgenähter Spitze, und dann auch noch von Hand mit Strass verziert. Und ich bin damit einfach in warmes Badeöl gestiegen."

„Ach du je." Ella sieht mich fassungslos an. „Was hat dein Onkel dazu gesagt?"

„Er hat mich dazu verdonnert, einen Ersatz zu nähen, weil es wirklich nicht mehr zu retten ist. Beziehungsweise muss ich dabei helfen, das neue zu besticken, aber das ist vergleichsweise milde. Schlimmer war die Situation mit Sascha."

„Was ist passiert?", ermuntert mich Mona dazu, weiter zu erzählen.

„Er hat mich mitsamt Kleid in der

Badewanne gefunden und mir geholfen, in trockene Sachen zu kommen. Er hat mich getröstet, sich alles angehört. Und dann habe ich ihm gesagt, dass ich ihn liebe, die Situation zwischen uns aber nicht mehr aushalte und daher die Scheidung will."

„Aber", beginnt Ella, wird jedoch von Mona gebremst.

„Er hat zugestimmt", sage ich leise und merke, wie mir Tränen in die Augen schießen und meine Nase zuschwillt. Also rede ich schnell weiter, um nicht zusammenzubrechen. „Irgendwann in der Nacht hat er mich geweckt und mir gesagt, dass ich mich nicht scheiden lassen kann, weil wir nicht verheiratet sind. Möglicherweise habe ich ihm da an den Kopf geknallt, dass er mich dann doch endlich mal fragen soll."

Ella schlägt sich die Hand vor den Mund und Mona holt scharf Luft.

„Er meinte, er kann mich nicht fragen, solange ich nicht bereit bin, zu verzeihen. Ich habe das auf René und seine Lügen bezogen, also habe ich Sascha erzählt, warum ich das auf keinen Fall verzeihen kann. Wisst ihr, René hat mir immer vorgespielt, er sei frei. Aber er ist verheiratet und hat Kinder. Ich wusste nichts davon, sonst wären wir kein Paar geworden. Ich wollte mich nie in eine Ehe drängen und er hat mich zu einer Ehebrecherin gemacht. Er hat das aus mir gemacht, was ich am Wenigsten sein wollte. Ich habe euch das nicht erzählt, weil ich mich so schäme. Wie konnte ich das nur übersehen? Jedenfalls sagte Sascha, dass es darum gar nicht geht, ich dafür nichts kann. Aber ich solle endlich mir selbst verzeihen, dass ich René vertraut habe."

Ich weiß nicht, welche Reaktion der beiden ich erwartet habe oder welche ich mir gewünscht habe, aber mir schlägt nur Stille entgegen und ich bin unsicher, wie ich darauf reagieren soll. Ich sehe zwischen beiden hin und her, doch sie beobachten mich einfach nur. Sie schauen weder angeekelt, noch anklagend zu mir. Im Gegenteil, sie sehen mich an, als verstünden sie, was ich sagen will.

„Ich habe mich so hintergangen gefühlt, so benutzt", gebe ich schließlich leise zu und kann die Tränen nicht mehr zurückhalten. „Ich wollte das nie. Ich wollte niemals so ein Mensch sein, der eine Familie zerstört und er hat mich dazu gemacht. Ich kann das nicht verzeihen."

„Och Süße."

Beide nehmen mich fest in den Arm und trösten mich, während ich weine. Als ich mich etwas beruhigt habe, schiebt mich Mona von sich, hält mich an beiden Schultern fest und sieht mir tief in die Augen.

„Ich werde das nur ein einziges Mal sagen und ich bin mir sicher, dass Ella mir zustimmen wird: Du kannst nichts dafür. Nicht du hast gelogen, sondern er. Nicht du hast dich in eine Familie gedrängt, sondern er hat dich hineingezogen. Nicht du warst verheiratet, sondern er. Nicht du hast etwas verheimlicht, sondern er. *Du kannst nichts dafür.* Niemand erwartet, dass du diesem Arsch verzeihst, was er dir und seiner Familie angetan hat. Im Gegenteil. Sollte er jemals vor mir stehen, werde ich ihn auseinandernehmen, verlass dich darauf. Niemand geht so mit meiner Freundin um. Also putz dir die Nase, atme tief durch, setz deinen Helm auf und dann los, erobere die Welt. Ohne einen Lügner, den du nicht brauchst."

Und schon bin ich wieder in Tränen aufgelöst, lasse alle Trauer und allen Schmerz los, die mich schon viel zu lang begleiten, mich schon viel zu lang zu einem Menschen machen, der in sich selbst gefangen ist.

„Danke", nuschele ich schließlich und schnäuze mich in ein frisches Taschentuch. „Ich glaube, ihr habt recht. Ich kann nichts für seine Lügen, ich habe ihn nicht gezwungen, mit mir zusammen zu sein. Und das war ja nicht das Einzige, was er mir angetan hat. Aber egal, Zeit, nach vorn zu schauen. Wie mache ich Sascha klar, dass ich wirklich abgeschlossen habe?"

„Indem du dir Zeit für dich nimmst und wieder auf die Beine kommst. Du musst dich selbst wiederfinden, dann kannst du auch Sascha finden."

„Na toll, kann mir jemand eine Karte zeichnen?", versuche ich die Stimmung aufzuheitern und habe Erfolg, denn beide grinsen mich an. „Ich bin so froh, dass ich euch habe", falle ich den beiden um den Hals und drücke sie noch einmal fest.

Nur war es nicht wirklich als Scherzfrage gemeint.

Wie findet man sich selbst wieder?

Kapitel 23

18. Mai 2019

Wie von Sinnen durchwühle ich die Schubladen meiner Kommode. Ich bin mir ganz sicher, dass ich den Gutschein von Sascha hier hineingelegt habe. Irgendwo muss der Umschlag sein, mit dem ich mir einen Kochkurs sichere. Ich will wissen, ob der Gutschein an ein festes Datum gebunden ist, oder ich mir einfach so einen Kurs aussuchen und jederzeit starten kann.

Aber ich finde den Umschlag nicht wieder.

„Das kann doch nicht wahr sein!", rufe ich verzweifelt.

„Was ist los?"

Ich schreie auf, habe nicht mit Sascha gerechnet, der plötzlich neben mir steht und sich das Chaos um mich herum anschaut.

„Was ist hier passiert?"

„Erschreck mich nicht so", bringe ich heraus, als sich mein Puls etwas beruhigt hat. „Und ich suche nur etwas. Ich bin sicher, dass es hier ist, aber ich kann es nicht finden."

„Was suchst du denn? Kann ich

helfen?"

Einen Moment zögere ich, will ihm nicht sagen, dass ich seinen Gutschein nicht wiederfinde, den ich jetzt endlich – nach einem halben Jahr – einlösen will. Also winke ich ab und sage ihm, das sei nicht so wichtig.

Doch er kennt mich lang genug, um mir nicht zu glauben.

„Wenn du meinst." Er zuckt mit den Schultern und verlässt den Raum. Ich mache mich daran, in meinem Nachttisch zu suchen, als er plötzlich wieder in der Tür steht.

„Der Gutschein ist übrigens an der Pinnwand im Flur."

„Woher weißt du, was ich suche?" Ich richte mich auf, drehe mich zu ihm um und sehe ihn geschockt an. Kann er jetzt Gedanken lesen? Hoffentlich nicht.

„Nein, ich kann keine Gedanken lesen."

Nicht, dass mich das jetzt beruhigen würde.

„Du redest nur laut, wenn du denkst. Nicht immer, aber an manchen Tagen. So wie heute. Bist du endlich bereit, kochen zu lernen?"

Er zwinkert mir zu und ich nehme das erste Kissen, das ich in die Hand bekomme und werfe es nach ihm. Das Kissen fliegt nicht einmal weit genug, um in seine Nähe zu kommen.

„Ich kann sehr wohl kochen! Ich kann nur keine Ordnung dabei halten."

„Das kann ich dir auch beibringen."

Sascha kommt in den Raum, hebt das Kissen auf und schlendert zum Bett.

„Auf gar keinen Fall, ich werde nicht mit dir zusammen kochen."

„Ich bin ein guter Lehrer", versichert er mir und grinst mich an.

„Dann geh und lehre andere, aber lass mich in Ruhe chaotisch sein, du Nerd."

Plötzlich steht er ganz nah vor mir, ich muss den Kopf in den Nacken legen, um ihm weiter in die Augen sehen zu können. Sie haben einen Ausdruck angenommen, den ich so noch nicht kenne. Sein Blick wirkt weich, sein Lächeln ist sanft und doch verspielt und irgendwie ... stolz.

„Davon will ich mehr", murmelt er und fährt mir mit einem Finger über die Wange, streichelt sie sanft.

„Wovon mehr?" Ich kann meine Stimme selbst kaum hören, so leise spreche ich, weil mir im Moment der Atem fehlt.

„Von dem Schalk in deinen Augen. Von der Laura, die mit mir scherzt. Von der

Laura, die weiß, was sie will und die für sich einsteht. Davon will ich mehr. Das ist die Frau, von der ich fasziniert bin. Die Frau, die ich liebe."

Bevor ich noch etwas sagen kann, hat er den Raum wieder verlassen und lässt mich mit rasendem Herzen und leerem Kopf zurück.

Was passiert hier?

Es vergeht eine ganze Weile, bevor ich mich aufraffe und den Gutschein hole. Weil es noch recht früh ist, rufe ich die Nummer an und frage, was für Kurse es derzeit gibt und wann sie starten.

Und ich habe Glück. Gleich heute Abend startet ein neuer Kurs, in dem noch ein Platz frei ist. Es klingt verlockend, und dennoch zögere ich einen Moment. Will ich das wirklich tun?

Doch dann kommt mir wieder mein Vorsatz in den Sinn, mich selbst zu finden. Das kann ich nicht, wenn ich nichts Neues ausprobiere. Also sage ich zu und notiere mir die Adresse, lasse mir aber alles noch einmal per E-Mail schicken.

Als mein Telefon den Eingang der E-Mail mit einem Signalton verkündet, lächele ich aufgeregt.

Ein erster Schritt ist gemacht.

Der Kochkurs ist ein Reinfall. Seit einer Stunde quetsche ich mich mit neun anderen Teilnehmern um die Arbeitsfläche einer viel zu kleinen Küche. Der Raum ist kaum größer als die Teeküche in unserem Brautladen, daher verstehe ich nicht, wie man hier zehn Teilnehmer einladen konnte.

Außerdem hält der Kurs nicht im Ansatz, was er versprochen hat.

Ich habe mir das Programm „Vegan mal anders" ausgesucht, weil es vielversprechend klang. Ich bin immer dafür, in der Küche neue Dinge auszuprobieren und die Bilder auf der Website sahen gut aus, haben Lust auf das Essen gemacht. Aber in der letzten Stunde wurde uns nichts Neues gezeigt. Zumindest sind mir Gemüsesticks mit Dips wie Avocadocreme oder Paprikamus nicht neu.

Wenn wir wenigstens das Paprikamus selbst hergestellt hätten, aber es kam aus der Tube. Nicht, dass Tuben nicht super sind, wenn es schnell gehen muss, aber wozu mache ich dann einen Kochkurs, wenn mir nicht gezeigt wird, wie es geht?

Oder wenn ich nicht lerne, wie ich es machen kann? Bisher stehen wir nur hier im Halbkreis herum, können kaum etwas sehen, geschweige denn uns auf den Blöcken Notizen machen, die man uns zu Beginn in die Hand gedrückt hat.

Richtig, Blöcke. Und die dazu passenden Stifte, immerhin.

Aber das Ganze wirkt mehr und mehr wie ein Theorie-Seminar und weniger wie ein richtiger Kochkurs.

Habe ich vielleicht etwas falsch verstanden?

Während die Anderen dem vermeintlichen Koch lauschen, stelle ich mich etwas abseits und hole mein Telefon aus der Hosentasche. Ich suche die E-Mail heraus, mit der mir der Kurs bestätigt wurde und lese mir noch einmal das Programm durch.

Nein, hier steht es, schwarz auf weiß. „Live Mitkochen". Das hier ist alles, aber bestimmt kein Mitkochen.

Ich merke erst, dass ich dies laut gesagt haben muss, als jemand neben mir lacht. Mein Blick hebt sich und trifft den einer Frau mit pinken Haaren, die aussieht, als wäre sie ungefähr in meinem Alter und genauso gelangweilt wie ich.

„Stimmt, das hier ist nicht das, was ich mir von dem Kurs erhofft habe. Dafür war das ziemlich teuer."

Sie grinst mich an und ich grinse

zurück.

„Ich habe den Kurs geschenkt bekommen. Von meinem Freund, der echter Koch ist."

„Vielleicht sollte er sein Geld zurückverlangen und du bei ihm einen Kurs machen?"

„Vielleicht", stimme ich ihr zu. Einen Moment zögere ich, doch eigentlich ist klar, dass ich hier keinen Moment länger bleiben will. Ich war schon zu lange hier. „Ein paar Straßen weiter ist ein neues Bistro. Ich glaube, ich sehe mir mal an, was die auf der Karte haben. Kommst du mit?"

„Klar." Sie hält mir die Hand hin und stellt sich vor. „Ich bin Kim."

„Laura."

Wir melden uns nicht ab, als wir gehen. Bei der Enge wird kaum auffallen, wenn zwei Leute fehlen.

Wir lachen viel zusammen, tauschen uns aus, genießen leckere Baguettes in dem Bistro und mit einem Mal bin ich doch froh, den Gutschein genau heute eingelöst zu haben.

Denn vielleicht habe ich auf der Suche nach mir selbst eine neue Freundin gefunden.

Kapitel 24

03. Juni 2019

Der Kochkurs mag ein Reinfall gewesen sein, aber die Idee, etwas Neues zu lernen, habe ich nicht aufgegeben. In den letzten Wochen habe ich viel ausprobiert.

Ich war beim Yoga, was mir überhaupt nicht gefallen hat. Viel zu ruhig und viel zu langsam für meinen Geschmack.

Ich wollte eine Reitstunde buchen, habe diese beim Anblick der riesigen Pferde aber gleich wieder storniert. Das wird auf keinen Fall mein neues Hobby, das bin nicht ich.

Den Weg ins Tierheim, um dort mit einem der Hunde spazieren zu gehen, habe ich mir danach auch gespart. Ich bin kein Tierfreund, wirklich nicht. Das zumindest weiß ich sicher und frage mich, warum ich überhaupt auf die Idee kam, das ändern zu wollen.

Als Nächstes möchte ich Klettern ausprobieren. Aber dafür brauche ich jemanden, der mitkommt und mich sichert. Weil ich möchte, dass Sascha mir diesen Gefallen tut, stehe ich jetzt in unserer Küche und koche.

Richtig, ich koche zu Hause. Inklusive

allem Chaos um mich herum, das ich immer veranstalte. Aber bis er nach Hause kommt, habe ich noch genug Zeit, um alles aufzuräumen.

Zumindest glaube ich das, als ich den Bulgur-Salat in den Kühlschrank stelle und die letzten Börek aus der Pfanne hole. Beides hat Sascha an meinem Geburtstag geradezu verschlungen, also überrasche ich ihn heute damit. Oder besteche ihn, wie man es nimmt.

Womit ich nicht gerechnet habe, ist, dass er plötzlich hinter mir steht, als ich gerade den Herd ausschalte.

„Ach du meine Güte", höre ich seine Stimme und wirbele erschrocken zu ihm herum, nehme seinen geschockten Blick wahr, als er sich in der Küche umsieht.

Oder dem, was von der Küche noch übrig ist.

Ich versuche gar nicht erst, mich zu rechtfertigen, sondern gehe direkt in den Angriffsmodus über.

„Du solltest noch gar nicht hier sein."

„Was hast du hier veranstaltet?", übergeht er meinem Kommentar und dreht sich einmal im Kreis.

„Ich habe gekocht", rechtfertige ich mich schließlich doch und verschränke die Arme vor der Brust, nachdem ich die

Pfanne von der noch heißen Herdplatte gezogen habe.

„Ich koche auch, aber dabei sieht es nicht aus, als hätte ich eine Tüte Mehl durch die Gegend fliegen lassen. Oder mit Fett versucht, Muster an die Wand zu malen. Oder mit rot ... Hast du dich geschnitten?"

Schon steht er vor mir und greift nach meinen Händen. Ich bin zu perplex, um zu antworten, als er sie genau untersucht. Erst dann wird mir klar, was er annimmt, und ich entziehe ihm meine Hände.

„Ich habe mich nicht geschnitten", antworte ich. „Das ist Tomaten- und Paprikamark. Das ist gespritzt, als ich es aus der Tube gedrückt habe."

Er sieht mich an, als hätte ich den Verstand verloren.

„Und das Mehl brauchte ich für den Teig. Man kann die Blätter auch fertig kaufen für die Börek, aber am liebsten mache ich den Teig selbst. Nur klebt das wie irre, daher das viele Mehl. Irgendwie ist das dann immer da, wo es nicht sein soll. Das Fett ist erstens nur hinter dem Herd an den Fliesen und zweitens spritzt es nun einmal, wenn man Dinge frittiert. Wir haben auch keinen Topf, der dafür geeignet ist, also musste ich die Pfanne nehmen. Und einen Fettfilter haben wir auch nicht."

„Wie schaffst du es, bei all dem Chaos so leckere Sachen zu machen?"

Ich stemme die Hände in die Hüften und funkele ihn wütend an.

„Raus aus meiner Küche."

„Das ist unsere Küche."

„Oh nein, Mister Superkoch, das ist meine Küche, solange ich hier den Kochlöffel schwinge."

Er grinst mich frech an. „Du hast aber keinen Kochlöffel in der Hand."

Ich greife nach der Zange, weil diese mir am nächsten liegt. „Dann eben die Zange! Jetzt raus hier, damit ich aufräumen kann. Sonst bekommst du nichts ab."

„Ich geh ja schon." Er hebt die Hände, als würde er sich ergeben und verlässt rückwärts den Raum. „Ich kann dir aber auch helfen, dann sind wir schneller fertig und können einen Film schauen, wenn du nichts vorhast."

„Habe ich nicht", antworte ich und lächele. „Ich mach sauber, du suchst einen Film aus. Vielleicht ja einen Horrorfilm?"

Mir war nicht bewusst, dass mir die

Worte auf der Zunge lagen, bis ich sie ausgesprochen habe. Sascha scheint das ebenfalls klar zu sein, denn er sieht mich eine Weile mit schiefgelegtem Kopf an, bevor er nickt und sich auf den Weg ins Wohnzimmer macht.

Ein bisschen bin ich enttäuscht, als ich mit voll beladenen Tellern ins Wohnzimmer komme und er keinen Horrorfilm ausgesucht hat, sondern wir eine neue Krimiserie starten. Spannend, aber nicht das, worauf ich gehofft habe.

„Also, warum versuchst du, mich zu bestechen?", fragt er zwischen zwei Folgen, während er unsere Teller auf den Tisch stellt, und ich zucke ertappt zusammen.

„Will ich gar nicht", versuche ich dennoch, mich herauszureden. Allerdings habe ich keinen Erfolg damit, er stellt die Serie auf Pause und dreht sich zu mir um.

„Du kochst zu Hause. Du kochst mein Lieblingsessen. Und dann willst du mir sagen, dass du mich nicht bestechen willst?"

Seufzend gebe ich nach.

„Also gut. Ich will nächste Woche klettern gehen. Aber ich brauche jemanden, der mitkommt und mich sichert, allein darf ich nicht. Sie haben nicht genug Trainer und außerdem will ich mich nicht von jemandem sichern lassen, den ich gar nicht kenne. Also wollte ich dich fragen, ob du mitkommst."

„Ach Maus." Er zieht mich auf seinen Schoß, hält mich fest im Arm. „Ich komme immer mit, wenn du mich fragst. Ich würde dafür sogar meine Schicht umlegen. Du musst mich nur fragen und ich folge dir überall hin."

„Danke." Ich kuschele mich noch ein wenig enger an ihn, genieße es, endlich wieder seinen Herzschlag hören zu können. Ich habe das vermisst.

„Und wir müssen keinen Horrorfilm schauen, damit du bei mir schläfst. Leg dich einfach in mein Bett und alles ist gut. Ich werde es dir sagen, wenn ich eine Pause brauche. Aber du bist immer will-kommen."

„Ich habe es vermisst", gebe ich leise zu und vergrabe mein Gesicht in seinem Shirt, damit es meine Tränen auffängt. „Aber ich habe mich nicht getraut zu fragen."

Er legt sein Kinn auf meinen Kopf, bevor er antwortet.

„Ich habe dich auch vermisst. Aber es ist an dir, auf mich zuzukommen. Ich bin hier, ich warte noch auf dich."

Irgendwann muss ich eingeschlafen sein, denn als ich nachts wach werde, liegen wir eng aneinandergekuschelt auf der Couch.

„Ich liebe dich. Danke, dass du hier bist", flüstere ich, drücke ihm einen Kuss auf das Kinn und schlafe wieder ein.

Kapitel 25

14. September 2019

Sascha: *Wir müssen über etwas reden. Wann bist du zu Hause?*

Seit ich die Nachricht erhalten habe, bin ich total durch den Wind. Der erste Satz ist nie eine gute Einleitung und schlechte Nachrichten würden zu den letzten Wochen passen, die immer noch recht angespannt zwischen uns waren.

Mein Kopf läuft auch Hochtouren. Will Sascha ausziehen? Hat er jemanden kennen gelernt? Hat er einen Job in einer anderen Stadt angeboten bekommen? Ist er das Warten auf mich leid?

Mir geht jedes mögliche und unmögliche Szenario durch den Kopf, was er Schlimmes von mir wollen könnte.

Ich war so sicher, dass ich auf einem guten Weg bin. Nein, dass *wir* auf einem guten Weg sind.

Seit wir gemeinsam klettern waren, haben wir mehr zusammen unternommen. Ich habe immer wieder Dinge gefunden, die ich ausprobieren wollte, zu denen ich ihn mitgenommen habe. Wie der Tanzkurs, den ich unbedingt belegen wollte. Sascha war wenig begeistert, aber er hat mich dennoch begleitet.

Ich habe neue Sachen gefunden, die mir Spaß machen, habe zum Beispiel Zeichnen als Hobby für mich entdeckt. Genauso wie ich viel ausprobiert habe, das ich sicher niemals wieder machen werde. Wie Einrad fahren. Ich weiß immer noch nicht, was mich dazu getrieben hat, das ausprobieren zu wollen, aber ich habe mich getraut und hatte habe nach zehn Minuten mit einem verstauchten Knöchel aufgegeben.

Ich habe außerdem das Kochen zu Hause wieder für mich entdeckt, habe mir neue Kochbücher zugelegt und sie nach und nach von vorn bis hinten durchgearbeitet. Das wiederum hat Sascha begeistert, auch wenn ich tunlichst darauf geachtet habe, das Chaos verschwinden zu lassen, bevor er nach Hause kam.

Ganz sicher, ich habe mich wiedergefunden. Ich bin zwar nicht die Laura, die ich vor René war, aber das ist in Ordnung. Ich bin ich. Ich weiß, was ich will. Und noch viel wichtiger: Ich weiß, was ich nicht will.

Warum also jetzt eine Trennung?

Nein, natürlich hat er nicht geschrieben, dass er sich von mir trennen will, aber was soll der Satz sonst bedeuten?

Sowas schreibt man doch nur, wenn man schlechte Nachrichten hat.

Habe ich mir zu viel Zeit gelassen? Oder ist er nicht zufrieden mit dem Menschen, den ich in mir selbst gefunden habe?

Liebt er mich nicht mehr?

Statt nach der Arbeit direkt nach Hause zu fahren, mache ich einen Abstecher ins Restaurant meiner Tante. Sie ist nicht da, was gut ist, denn so kann ich in aller Ruhe vor mich hin werkeln, ohne reden zu müssen. Die anderen Angestellten machen einen Bogen um meine Ecke, sodass ich in Ruhe meinen Gedanken nachhängen kann.

Sascha hat sich verändert in den letzten Monaten. Es war ein schleichender Prozess, aber jetzt, wo ich genauer darüber nachdenke, fallen mir die ganzen Kleinigkeiten auf.

Er kam später nach Hause, hatte oft noch Dinge zu klären, hat mir jedoch nie erzählt, worum es ging, sondern immer das Thema gewechselt. Außerdem hing er ständig am Telefon, um Nachrichten zu lesen und zu schreiben, oder er hat die Wohnung verlassen, um zu telefonieren. Er hatte nicht einmal mehr Zeit für die Trampenkel, die einige Male bei uns geklingelt haben. Sie haben nach ihm gefragt und sind danach traurig wieder gegangen, weil Sascha nicht da war und ich nicht einmal sagen konnte, wann er nach Hause kommt.

Was ist in den letzten Wochen nur passiert?

Auch die Nächte, die wir nebeneinander geschlafen haben, sind schleichend weniger geworden. Immer wieder bin ich auf dem Sofa eingeschlafen, während ich auf ihn gewartet habe und dann dort auch wieder aufgewacht. Zwar warm zugedeckt mit meiner Kuscheldecke, aber eben allein und nicht neben ihm, in unserem Bett.

In seinem Bett, korrigiere ich mich innerlich. Es ist immer noch sein Bett. Und wir sind kein Paar, wir sind noch immer irgendetwas zwischen Mitbewohnern, Freunden und einem Paar.

Je länger ich darüber nachdenke, umso schlimmer kommt mir die Situation zwischen uns vor. Sascha hat recht damit, nicht mehr auf mich zu warten. Ich sollte mich darauf vorbereiten, dass er mir sagt, dass aus uns nichts werden kann.

Es ist bereits sehr spät, als ich mich endlich traue, nach Hause zu fahren. Ich habe jede Ausrede genommen, die sich mir geboten hat, um länger im Restaurant zu bleiben. Doch irgendwann war die Küche aufgeräumt, der letzte Gast gegangen und ich musste mich auf den Heimweg machen, damit die Angestellten das Restaurant schließen und in ihren wohlverdienten Feierabend gehen konnten.

Als ich zu Hause ankomme, ist die Wohnung leise, nur im Wohnzimmer flackert Licht.

Ich ziehe Schuhe und Jacke aus, räume beides in den Schrank und gehe durch den Flur ins Wohnzimmer, wo Sascha auf der Couch liegt und schläft.

Einen Moment lang denke ich darüber nach, ihn zu wecken. Wirklich. Aber ich kann es einfach nicht. Ich bin heute noch nicht bereit, dass er geht. Ich bin überhaupt nicht dazu bereit, ihn gehen zu lassen.

Also nehme ich nur die Decke von der Rückenlehne des Sofas und breite sie über ihm aus, damit er im Schlaf nicht friert.

Ich mache mich im Bad fertig und gehe zu meinem Schlafzimmer, bemerke auf dem Weg, dass die Tür von Saschas Schlafzimmer fest geschlossen ist. Er scheint also wirklich nicht zu wollen, dass ich heute bei ihm schlafe.

Tief durchatmend betrete ich meinen Raum, schalte das Licht an, schließe die Tür hinter mir, und breche in Tränen aus. Mein Kissen und meine Decke, die sonst in seinem Bett liegen, liegen ordentlich gefaltet auf meinem Bett, warten darauf, dass ich sie entfalte und mich hineinlege.

Ja, das ist ein deutliches Zeichen.

Ich versuche, nicht zu laut zu sein, richte das Bett, schalte das Licht wieder aus und krieche unter meine Decke. Ich stelle den Wecker in meinem Handy früher, damit ich das Haus verlasse, bevor Sascha wach wird.

Ich bin noch nicht bereit für das Ende, wirklich nicht.

Als ich am nächsten Morgen mein Zimmer verlasse, ist seine Tür noch immer geschlossen, und es ist still in der Wohnung. Im Wohnzimmer ist es dunkel, er muss also wach geworden sein und den Fernseher ausgeschaltet haben. Doch er kam nicht zu mir.

Ich eile ins Bad, mache ich mich frisch und überlege, ob ich mir noch einen Tee machen soll, entscheide mich jedoch dagegen. Je länger ich hierbleibe, umso größer die Gefahr, dass ich ihm über den

Weg laufe.

Im nächsten Moment trifft es mich wie ein Vorschlaghammer. Was ich hier tue, ist das gleiche, das ich damals bei René tat. Ich vermeide eine Konfrontation. Ich vermeide die Trennung, so lange es nur geht. Dabei habe ich mir doch vorgenommen, genau das nicht mehr zu tun.

„Ich bleibe hier", murmele ich vor mich hin und verlasse das Bad, nur um im nächsten Moment wie festgefroren stehen zu bleiben.

Die Tür zu Saschas Zimmer öffnet sich. Nur ist es nicht er, der den Raum verlässt, sondern eine Frau. Sie trägt ein Shirt, das ich ihm geschenkt habe und eine kurze Hose, und sieht mich mit großen Augen an, als sie mich entdeckt.

Ich kann kaum atmen, mich nicht bewegen. Das war es also. Darüber wollte er mit mir reden. Er hat tatsächlich jemanden kennen gelernt.

Und er hat sie mit hierher gebracht, also muss es ernst sein.

„Das Bad ist frei", würge ich hervor, als sie nichts sagt und mir auffällt, dass wir beide wie Rehe im Scheinwerferlicht unbeweglich im Flur stehen.

Ich eile an ihr vorbei in mein Zimmer, schließe die Tür hinter mir, schnappe mir meine Reisetasche aus dem Schrank und werfe alles hinein, von dem ich glaube, dass ich es die nächsten Tage brauchen werde.

Nachdem ich fertig gepackt habe, stehe ich an meiner Zimmertür und lausche. Ich höre nichts, also öffne ich sie langsam und vorsichtig einen Spalt, lausche weiter. Ich kann Sascha reden hören, verstehe aber nicht, was er sagt. Mir wird nur klar, dass mir die Zeit davonrennt, ich muss so schnell wie möglich verschwinden. Er darf mich so nicht sehen, auf keinen Fall.

Ich schleiche in den Flur, ziehe mir so leise wie möglich die Schuhe an, schnappe mir meinen Mantel und verlasse die Wohnung.

Um sicherzugehen, dass er mir nicht folgt, laufe ich so schnell ich kann bis zur nächsten Ecke. Zum ersten Mal bin ich froh, dass Ella, Mona und ich immer noch regelmäßig laufen gehen, wenn auch nicht mehr so häufig wie zu Beginn.

Aber das sichert meine Flucht, hilft mir, Abstand zwischen mich und Sascha zu bringen. Zwischen das, was vielleicht noch von uns übrig ist.

Erst, als ich vor dem Haus ankomme, in dem mein Onkel wohnt, wird mir klar, welchen Weg ich unbewusst eingeschlagen habe.

Ich klingele, dränge mich an meinem Onkel vorbei, sobald er die Tür öffnet, und falle meiner Tante weinend in die Arme, als ich sie entdecke.

„Was ist los?", fragt sie und drückt mich fest.

„Sascha hat eine Andere", schluchze ich und spreche meinen größten Horror damit zum ersten Mal aus, lasse ihn real werden.

„Bist du dir sicher?", hakt sie nach, und ich kann nur stumm weinend nicken.

„Sie kam in seinen Sachen aus seinem Zimmer", erkläre ich später, als ich mich etwas beruhigt habe.

„Rede mit ihm, es war anders", ermuntert mich mein Onkel, doch ich höre ihm nicht richtig zu.

Was soll da anders gewesen sein?

„Kann ich hierbleiben?" Unsicher sehe ich zu meinem Onkel. „Und kann ich die Woche frei haben?"

Er zögert einen Moment, bevor er nickt.

„Ich mache dein Zimmer fertig", sagt meine Tante und tätschelt mir die Hand. „Du machst dir jetzt einen Tee und ruhst dich aus. Du wirst schon sehen, alles wird gut."

Nichts wird mehr gut. Gar nichts.

Als mein Telefon klingelt, schaue ich nur kurz auf das Display. Zig verpasste Anrufe und Nachrichten, die meisten von Sascha.

Ich beantworte keine einzige davon, lösche sie ungelesen.

Nur meinen Freundinnen schreibe ich, dass ich bei meinem Onkel und meiner Tante bin und ich mich melden werde, wenn es mir besser geht, ich einfach etwas Zeit für mich brauche.

Da muss ich allein durch.

Wieder habe ich einem Mann vertraut, den ich liebe. Und wieder wurde ich hintergangen.

Dass Sascha und ich nie ein Paar waren, nie mehr zwischen uns war als dieser eine Kuss, spielt keine Rolle.

Ich wollte mehr.

Und er war nicht bereit, auf mich zu warten.

Scheiße.

Wie oft kann ein Herz brechen, bevor es aufhört zu schlagen?

Kapitel 26

20. September 2019

Die ganze Woche habe ich mich in meinem ehemaligen Zimmer versteckt. Mona und Ella habe ich hin und wieder geschrieben, alle anderen Nachrichten habe ich ignoriert. Vor allem die von Sascha.

Ich habe weder seine Nachrichten geöffnet, noch abgehört, was er mir als Sprachnachrichten hinterlassen hat. Welchen Sinn hätte das? Dass er mir jetzt erklärt, was ich eh schon weiß? Dass er eine Entschuldigung dafür findet, mich so dermaßen unvorbereitet vor vollendete Tatsachen gestellt zu haben?

Ich kann das nicht. Und vor allen Dingen will ich das nicht. Ich wollte nie wieder in der Situation sein, mit einem Mann zusammenzuleben, der mich anlügt, der mich betrügt.

Ich will das nicht. Ich will einfach nur in Frieden leben, glücklich sein.

Und das geht so nicht.

In den letzten Tagen habe ich viel darüber nachgedacht, ob ich irgendwelche Anzeichen übersehen habe. War da etwas, woran ich hätte erkennen können, dass sich etwas bei ihm verändert hat? Aber auch im Rückblick entdecke ich nichts, das anders gewesen wäre. Außer, dass er weniger Zeit für mich hatte.

Doch das allein bedeutet doch noch nicht, dass er fertig mit mir ist, oder?

Ich meine, jeder hat mal weniger Zeit und mehr Stress, auch wenn man seinem Umfeld nicht direkt erzählt, worum es geht. Deswegen endet eine Beziehung aber nicht sofort.

Wir sind in keiner Beziehung.

Genervt verdrehe ich die Augen und stoppe den Film, den ich eigentlich schauen wollte. Ich weiß nicht, wie oft ich mir das in den letzten Tagen gesagt habe, mich selbst daran erinnern musste, dass wir Mitbewohner waren und nichts weiter. Egal, ob wir in einem Bett geschlafen haben oder nicht. Mehr war es nicht und mehr wird es nie sein.

Wieder kribbeln meine Augen, sammeln sich Tränen in den Augenwinkeln. Dabei dürfte ich keine mehr haben, habe ich doch seit Samstag kaum mehr getan, als zu weinen, Filme zu schauen und wieder zu weinen. Das Zimmer habe ich nur zum Essen verlassen oder wenn meine Tante meine Hilfe brauchte.

Sie und Onkel Yasin haben mich die

meiste Zeit in Ruhe gelassen und dafür bin ich ihnen unendlich dankbar.

Sascha hat irgendwann aufgegeben, mich erreichen zu wollen. Es ist besser so. Es fiel mir immer schwerer, seine Anrufe und Nachrichten unbeantwortet zu lassen. Aber irgendwann muss ich mit ihm reden. Wir müssen das mit der Wohnung klären.

Wie sollen wir das mit der Wohnung machen? Will ich weiter dort wohnen? Besser nicht, die Wohnung und ich scheinen kein gutes Karma zu haben.

Ich greife nach meinem Telefon und will Wohnungsanzeigen studieren, als es an der Tür klingelt.

Notgedrungen schäle ich mich aus meiner Kuscheldecke und verlasse das Bett. Weder Onkel Yasin, noch Tante Sibel sind zu Hause, also muss ich öffnen.

Als ich einen Blick auf die Standuhr neben der Tür im Flur werfe, stutze ich. Es ist früher Abend, viel zu spät, als dass ein Paket geliefert würde.

Gerade, als ich überlege, einfach wieder ins Bett zu gehen, klingelt es ein zweites Mal. Also fasse ich mir ein Herz und öffne die Tür, ohne erst zu schauen, wer davorsteht.

Was ein großer Fehler ist, denn wenige

Augenblicke später steht Alex vor mir und sieht mich mit gerunzelter Stirn und hochgezogenen Augenbrauen an.

„Du siehst nicht gut aus", begrüßt er mich.

Ich blicke an mir herab und sehe, dass mein heller Pyjama Flecken hat, wahrscheinlich von der Salsa, in die ich heute meine Chips getunkt habe. Und vielleicht habe ich auch mit Saft gekleckert.

Hey, keine Kritik bitte. Jeder darf so trauern, wie es sich für ihn gut anfühlt. Und für mich sind das nunmal Chips und Johannisbeersaft.

„Ich fühle mich auch nicht gut", antworte ich ihm und trete einen Schritt zur Seite, damit er hereinkommen kann, doch er schüttelt den Kopf und bleibt stehen.

„Ich bin nur der Bote hierfür." Er reicht mir eine Tasche, die mir vorher gar nicht aufgefallen ist.

„Was ist das?", frage ich, obwohl es mir eigentlich egal ist.

Es sei denn ... Es sei denn, in der Tasche befinden sich meine Sachen. Hat Sascha mir eine Tasche gepackt, damit ich nicht wiederzukommen brauche?

Innerlich verfalle ich in Panik, will nicht wahrhaben, dass er mich wirklich aus seinem Leben wirft.

Wie soll das mit unseren Freunden werden? Wir werden uns immer wieder über den Weg laufen, uns immer wieder begegnen.

Oder müssen wir uns einen Zeitplan überlegen?

Kann ich nie wieder ins *Viper* gehen, wenn er arbeitet? Muss ich Ella bitten, mir den Dienstplan zu schicken, damit ich ihm aus dem Weg gehen kann?

Kann ich Ella noch besuchen? Immerhin wohnt sie direkt über der Bar. Die Gefahr, dass er nach oben kommt, weil er Essen oder Getränke hochbringt, ist groß.

Meine Eingeweide ziehen sich unangenehm zusammen, meine Augen kribbeln und ich glaube nicht, dass ich die Tränen diesmal aufhalten kann. Dabei ist das Letzte, was ich will, vor Alex zu weinen.

„Das ist meine Übernachtungstasche“, ertönt da laut die Stimme von Mona und reißt mich aus meiner Panik.

Verwirrt blicke ich an Alex vorbei zu Mona, die gerade die Treppe hochkommt.

„Du übernachtest hier?“, frage ich erstaunt.

„Und ich auch“, meldet sich da Ella und taucht hinter Mona auf.

„Was ist hier los?" Ich sehe zwischen den Dreien hin und her, beobachte, wie Alex sich von seiner Frau verabschiedet und mir nur kurz zunickt, bevor er uns viel Spaß wünscht und geht.

„Wir greifen ein", erklärt Ella und ich bin nur noch verwirrter.

„Wobei greift ihr ein?"

Ich lasse die beiden herein und warte auf eine Antwort, erhalte aber keine. Natürlich nicht.

„Mädels, wobei greift ihr ein?", versuche ich es ein zweites Mal und dieses Mal dreht sich Ella zu mir um.

„Das mit dir kann so nicht weitergehen. Du siehst schrecklich aus und du leidest viel zu sehr. Wir zweifeln nicht daran, dass du deine Gründe hast, aber es bringt nichts, das alles mit dir allein auszumachen. Also sind wir hier. Dafür sind Freunde da."

Und schon hab ich wieder Tränen in den Augen, erst recht, als beide mich fest in den Arm nehmen.

„Nimm es mir nicht übel", beginnt Mona und lässt mich nur langsam los. „Aber du stinkst. Du solltest jetzt dringend unter die Dusche gehen. Wir machen es uns in der Zwischenzeit gemütlich."

Ich schüttele den Kopf, stelle keine weiteren Fragen und mache mich auf ins Bad. Mona zu widersprechen ist zwecklos, das habe ich mit den Jahren gelernt.

Als ich frisch geduscht und sauber angezogen aus meinem Zimmer komme, höre ich Gelächter und folge ihm bis in die Küche und bleibe dort wie angewurzelt in der Tür stehen.

Meine Tante, Ella, Mona und eine mir unbekannte Frau sitzen gemütlich am Tisch und bedienen sich an Leckereien.

Einen Moment habe ich Angst, dass es die Frau ist, die mich aus meiner Wohnung vertrieben hat, doch ein Blick in warme, braune Augen zeigt, dass sie es nicht ist. Ich kenne diese Frau nicht, habe sie noch nie zuvor gesehen.

„Das hier ist meine Freundin Diniz", stellt meine Tante sie vor. „Sie macht heute mit uns einen Henna-Abend."

Mona und Ella klatschen begeistert, ich sehe nur verwirrt zwischen den Frauen hin und her, versuche zu verstehen, was das hier ist.

Meine Tante kommt zu mir, nimmt mich in den Arm.

„Ich würde euch das gern als Gastge-schenk geben", meldet sich Diniz. „Deine Freundinnen freuen sich schon auf einen

Henna-Abend."

Wie sollte ich da nein sagen? Ella strahlt bis über beide Ohren und auch Mona sieht aus, als könnte sie es kaum erwarten.

„Bring unsere Gäste ins Wohnzimmer", wendet sich meine Tante an mich. „Ich mache uns Tee und dann komme ich nach. Du kannst schonmal die Süßigkeiten mitnehmen."

Sie drückt mir eine Etagere in die Hand, die mit Nougat, Pralinen und Baklava beladen ist, jedes einzeln hübsch in einem Papierförmchen angerichtet.

„Okay", murmele ich vor mich hin und führe unsere Gäste ins Wohnzimmer.

Wir verteilen uns auf die beiden Sofas, Mona schaltet Musik ein und Diniz bereitet das Henna vor, rührt das Pulver in einer kleinen Schale zu der typischen Paste an.

„Wir beginnen mit dir." Diniz lächelt mich an und bittet mich zu sich. Ich sehe ihr dabei zu, wie sie die frisch angerührte Paste in eine kleine Tülle füllt und dann beginnt, meine Hände mit wunderschönen Mustern zu verzieren.

Ich bin so gefangen in der Kunst, dass ich kaum mitbekomme, was um mich herum passiert. Irgendwann ist Diniz mit mir fertig und macht bei Ella weiter, während meine Tante mich in den Arm nimmt und fest drückt.

„Was ist los?", frage ich sie, als ich die Tränen in ihren Augen schwimmen sehe.

„Nichts, ich freue mich nur so, das ist alles."

Meine innere Stimme warnt mich, dass ich hier etwas übersehe. Irgendetwas entgeht mir hier gerade, aber ich ignoriere die Stimme und freue mich, einmal nicht an Sascha und das Chaos meines Lebens denken zu müssen.

Diniz bringt uns mit Geschichten von verpatzten Henna-Abenden zum Lachen, Mona steuert lustige Situationen aus dem Theater bei und ich sitze nur zwischen meinen liebsten Menschen und freue mich mit ihnen.

Dieser Abend ist genau das, was ich brauche.

„Danke", sage ich irgendwann spät am Abend, als wir die Musik leiser gedreht haben, um die Nachbarn nicht zu stören. „Ich danke euch, dass ihr mich so ablenkt."

„Dafür sind wir da." Ella und Mona nehmen mich beide in den Arm und ich genieße unglaublich, dass sie für mich da sind.

Es dauert nicht mehr lang, bis Diniz sich verabschiedet und meine Tante sagt, dass sie die Gästebetten fertig macht.

Irgendwann ist es so weit, dass wir drei uns fertig machen und erst, als ich mein Zimmer betrete und die beiden Klappbetten darin stehen sehe, wird mir klar, dass sie wirklich hier schlafen werden.

„Wir machen also so eine richtige Übernachtungsparty?", frage ich und freue mich wie ein kleines Kind.

„Ja, machen wir", bestätigt Ella. „Viper und Linn haben mich für heute ausgeladen."

„Sie haben dich ausgeladen?" Mona zieht die Augenbrauen fast bis an den Haaransatz hoch. „Warum das denn?"

Ella zuckt mit den Schultern, bevor sie antwortet. „Viper sagte, sie bräuchten mal ihre Ruhe vor mir und Linn hat nur gelacht, also suche ich heute hier Asyl."

„Das sollst du haben", antworte ich und drücke sie fest an mich.

„Ich hätte nie gedacht, dass Viper mal so ein Familienmensch wird", bemerkt Mona, während wir uns in unsere Betten kuscheln.

„Ich auch nicht", stimmt Ella ihr zu. „Und wenn ich daran denke, wie er und ich das beinahe versemmelt hätten, würde ich am liebsten heulen."

„Quatsch!", wird Mona deutlich. „Ihr habt das dank meiner Hilfe ja hinbekommen. Also kein Grund, zu weinen."

„Und dank unserer Hilfe hast du das mit Alex hinbekommen", lacht Ella und ich stimme mit ein.

Als es ruhig wird, schießen mir wieder die wildesten Gedanken durch den Kopf. Stimmt, ich habe dabei geholfen, Mona und Alex zu verkuppeln. Ein bisschen war ich auch bei Ella und Viper beteiligt.

Doch was ist mit mir?

Wer verkuppelt mich?

Kapitel 27

21. September 2019

„Raus aus den Federn!"

Ich springe beinahe unter der Decke hervor, als mein Onkel laut rufend ins Zimmer kommt.

„Was ist passiert?", frage ich sofort, immer noch verschlafen, nicht wirklich bei Bewusstsein. Aber da Onkel Yasin uns niemals ohne Grund so laut wecken würde, muss etwas passiert sein.

„Genug unnötigen Liebeskummer geschoben!", fährt er mich an und nimmt meinen Bademantel vom Haken hinter der Tür, wirft ihn mir zu, quer über die Betten von Ella und Mona. „Ab unter die Dusche mit dir, wir haben nicht viel Zeit."

„Was? Wofür haben wir keine Zeit?" Ich nehme mir fest vor, mich keinen Schritt zu bewegen, bis er mir nicht sagt, was eigentlich los ist. Doch er gibt keinen Ton von sich, geht nur um die Gästebetten herum, greift nach meinem Arm und schleift mich zum Badezimmer. Er schiebt mich in den Raum und schließt nachdrücklich die Tür hinter mir.

„Unter die Dusche mit dir, du hast zehn Minuten, dann kommen wir rein."

„Wer ist wir?", frage ich mit zunehmender Verzweiflung. Was zum Teufel ist heute mit ihm los?

„Nun sei doch nicht so garstig", vernehme ich die Stimme meiner Tante, gedämpft durch die Tür. „Wir haben noch Zeit, scheuch sie nicht so. Gib ihr die Chance, wach zu werden."

Vorsichtig öffne ich die Tür, schaue sie dankbar an.

„Danke, Tante Sibel", beginne ich. „Kann ich einen Tee haben, bitte? Und kann mir jemand erklären, was eigentlich los ist?"

„Kein Grund zu trödeln", weist sie mich zurecht. „Auch wenn wir mehr Zeit haben, als dein Onkel dich glauben machen will, wir haben keine Zeit zu trödeln. Ab unter die Dusche, wir frühstücken, wenn du aus dem Bad kommst. Die anderen warten auf uns."

„Wer sind denn die anderen?"

Mir wird nicht geantwortet, stattdessen sehen mich sowohl meine Tante als auch mein Onkel nur mit hochgezogenen Augenbrauen an. Mein Onkel hat sogar die Arme vor dem Bauch verschränkt. Wenn jetzt noch sein Fuß wippt ... Und schon wippt er mit dem Fuß. Er ist ungeduldig und ich sollte ihn nicht weiter reizen, wenn ich nicht in Streit mit ihm geraten will.

Ich beschließe, dass ein Streit jetzt keinen Sinn hat. Nicht, dass sie mich noch vor die Tür setzen und ich nicht weiß, wohin ich dann gehen soll. In unsere, nein, in *meine* Wohnung kann ich nicht zurück, solang Sascha noch dort wohnt. Und da ich ihn noch nicht gebeten habe, sich etwas anderes zu suchen, wird das wohl noch eine Weile so bleiben.

Ob er vorhat, die Frau bei uns einziehen zu lassen? Werden wir dann eine Dreier-WG haben? Wie stellt er sich vor, dass das funktioniert?

Bevor ich wieder in Tränen ausbreche, ziehe ich meinen Schlafanzug aus und stelle mich unter die Dusche. Ich habe Glück, das Wasser ist bereits warm, jemand muss vor mir geduscht haben oder zumindest genug warmes Wasser laufen lassen, damit es für mich heiß ist.

„Hast du dich eingecremt?", begrüßt mich Mona, als ich ins Schlafzimmer zurückkomme. Die Gästebetten sind mittlerweile verschwunden.

„Nein, noch nicht", antworte ich ihr und gehe an den Schrank, um mir Unterwäsche herauszuholen.

„Warte damit noch", hält sie mich auf.

„Creme dich bitte erst mit einer guten Lotion ein." Sie hebt ihren silbernen Utensilienkoffer auf das Bett. Bisher ist mir überhaupt nicht aufgefallen, dass sie den dabei hat. Warum sollte sie ihr Make-up mitbringen?

„Kommt ihr zum Frühstück?" Meine Tante steckt den Kopf ins Zimmer und sieht mich auffordernd an.

„Ich muss mich erst noch umziehen", sage ich und will mir wieder Unterwäsche heraussuchen, als sie mich aufhält.

„Du kannst im Bademantel frühstücken", antwortet sie mir.

Wie festgewachsen bleibe ich mitten im Raum stehen und sehe sie mit großen Augen an. Hat sie das gerade wirklich gesagt, oder habe ich mir das nur eingebildet?

„Ein Frühstück im Bademantel?", will ich sichergehen.

„Ja."

„Was?"

Ich komme mir vor wie eine Schallplatte mit Sprung. Doch wie schon den ganzen Morgen erhalte ich auch jetzt keine Antwort auf meine Frage.

Mona lenkt mich ab, indem sie mir eine Tube Lotion in die Hand drückt.

„Damit eincremen, alles, außer dem Gesicht, dafür nimmst du deine normale Creme. Den Rest machen wir schon."

„Welchen Rest?" Ich höre selbst, wie verzweifelt meine Stimme klingt, doch auch Mona hat kein Erbarmen mit mir. Stattdessen betritt Ella den Raum und treibt uns zur Eile an.

„Ich habe Hunger und wenn ich Hunger habe, ist mit mir nicht gut Kirschen essen. Lasst uns endlich frühstücken. Außerdem hinken wir sonst dem Zeitplan hinterher."

Fassungslos schaue ich zwischen den drei Frauen hin und her, die sich in meinem Schlafzimmer befinden. „Kann mich jetzt bitte endlich jemand aufklären, was hier eigentlich los ist? Ich mache genau gar nichts mehr, wenn ihr mir nicht endlich sagt, was hier gespielt wird."

„Du heiratest heute", unterbricht Onkel Yasin meine Tirade und betritt mit einer Kleiderhülle den Raum, der jetzt kleiner wirkt als gestern Abend, wo die beiden zusätzlichen Betten hier drin standen. „Und damit du nicht zu deiner eigenen Hochzeit zu spät kommst, wirst du dir jetzt von uns helfen lassen, fertig zu werden."

„Das ist ein Alptraum", murmele ich

vor mich hin.

Im nächsten Moment kreische ich vor Schmerz auf und sehe meine Tante geschockt an.

„Hast du mich gerade gekniffen?"

„Ja. Du träumst nicht. Wir gehen jetzt den Tisch decken und du cremst dich ein. Keine Widerrede, sonst übernehme ich das auch noch für dich. Sieh zu!"

Ich gebe mich geschlagen, warte ab, bis alle den Raum verlassen haben und beginne damit, mir die Arme und Beine einzucremen, und freue mich, dass die Hennamuster auf meinen Händen erhalten bleiben. Wie Mona gesagt hat, nehme ich meine normale Creme für das Gesicht und mustere mich kritisch im Spiegel.

Mein Wecker muss jeden Moment klingeln und mich aus diesem Chaos wecken, ganz sicher. Ganz ganz sicher.

Doch nichts passiert.

Stattdessen beobachte ich wie von Außen, wie ich mich zu den Anderen an den Tisch begebe, reichlich frühstücke, ein Glas Sekt entgegen nehme und es langsam trinke, zusammen mit Ella, Mona und sogar meiner Tante.

Jetzt weiß ich, es kann nur ein Traum sein, denn meine Tante trinkt niemals

Alkohol.

Nach dem Frühstück führt mich Mona zurück in mein Zimmer, ich nehme auf dem Stuhl platz und sie beginnt, ihr Wunder zu wirken.

Da in diesem Raum kein Spiegel ist, kann ich nicht sehen, was sie mit mir macht, aber ich spüre, wie sie einzelne Strähnen meiner Haare abteilt, sie mit dem Lockenstab bearbeitet und schlussendlich hochsteckt. Außerdem verbraucht sie eine ganze Dose Haarspray, zumindest fühlt es sich so an.

Ich weiß nicht, wie viel Zeit vergeht, ich ergebe mich einfach in das Styling und frage auch nicht nach meinem Telefon, um mich zu beschäftigen. Ich sitze nur still auf dem Stuhl und lausche der Unterhaltung, die sich entwickelt hat, als meine Tante und Ella zu uns gekommen sind.

Mir brennen so viele Fragen unter den Nägeln, doch ich sage kein Wort, aus Angst, wieder keine Antwort zu erhalten oder mit der seltsamen Aussage abgespeist zu werden, ich würde heute heiraten. Wobei ich mir immer noch nicht sicher bin, ob ich meinen Onkel wirklich richtig verstanden habe.

Wen soll ich denn heiraten? Etwa

Sascha? Sie alle würden sich sehr wundern, wenn sie wüssten, dass er jemand Neues hat.

„Wir können mit dem Make-up beginnen", sagt Mona irgendwann zu mir und reißt mich damit aus meinen Gedanken.

„Mädels, was soll das hier eigentlich werden?", bringe ich hervor. „Ich werde heute nicht heiraten."

„Du wirst nein sagen?", fragt meine Tante geschockt und ich schüttele den Kopf.

„Wie soll ich denn nein sagen, wenn ich gar nicht erst gefragt werde? Ich meine, was soll das hier? Wer soll mich denn heute heiraten? Sascha? Der ist bestimmt lieber mit seiner neuen Freundin zusammen. Ach, was sag ich *neu*. Ich war ja nie seine Freundin. Wir waren Mitbewohner, das war es auch schon."

Ella stellt sich vor mich, verschränkt die Arme vor der Brust und sieht mich tadelnd an.

„Immerhin weißt du, wer da am Altar auf dich warten wird. Ich wusste das damals nicht. Und jetzt ist mal gut hier, Sascha hat keine Freundin, weder neu noch alt. Wenn er zu jemandem gehört, dann zu dir, da sind wir uns hoffentlich alle einig. Und damit meine ich explizit dich. Du solltest das endlich auch so sehen, schließlich warst du die Erste, die gesagt hat, dass sie ihn liebt, oder nicht?"

„Ja, aber", will ich mich rechtfertigen und es richtigstellen, als sie mich auch schon wieder unterbricht.

„Nichts aber. Wir hatten genug *Aber* in den letzten Jahren. Du wirst dich jetzt von Mona schminken lassen, ich kann das ja leider nicht. Du wirst dir von deinem Onkel in das wunderbare Kleid helfen lassen und dann werden wir uns auf den Weg in die Kirche machen. Na gut, es ist keine Kirche, aber das wäre auch kompliziert geworden. Ist ja ökumenisch heute. Wie dem auch sei: still jetzt, wir machen weiter."

Eingeschnappt schüttele ich den Kopf und sage wirklich nichts mehr, tue nur noch, was Mona von mir verlangt, bewege den Kopf mal nach unten und mal wieder nach oben.

Irgendwann tritt sie einen Schritt zurück, sieht mich kritisch an, geht einmal um mich herum, bevor ich den Kopf nach rechts und nach links drehen muss. Sie richtet noch ein paar Haarsträhnen, bevor sie zufrieden nickt.

„Wir sind fertig. Was sagt die Uhr? Müssen wir mit dem Kleid starten?"

In dem Moment betritt Onkel Yasin das Zimmer.

„Wir müssen mit dem Kleid starten", bestätigt er. „Hier ist passende Unterwäsche, rein da, dann komme ich wieder." Und schon hat er den Raum wieder verlassen.

Da heute jedwede Diskussion sinnlos ist, stehe ich einfach nur auf, lasse mir von meiner Tante den Bademantel abnehmen und ziehe mir die neue Unterwäsche an.

Sie ist wunderschön, besteht aus elfenbeinfarbener Spitze und Seide. Das Höschen ist komplett aus Seide, hat nur an den Beinausschnitten kleine Akzente aus Spitze. Die Corsage dagegen besteht fast nur aus Spitze und ist dazu noch trägerlos. Komplettiert wird beides durch halterlose Strümpfe in der gleichen Farbe, die oben ebenfalls mit Spitze abschließen.

Ein wunderschönes Set, das ich an meinem echten Hochzeitstag sicher gern unter meinem Kleid getragen hätte.

Und genau das ist der Punkt: *Hätte*. Was auch immer hier geplant wird, es ist nicht meine Hochzeit. Ich werde doch nicht heiraten, ohne vorher gefragt worden zu sein.

Kaum habe ich die letzten Haken an der Corsage geschlossen, betritt Onkel Yasin mit einer Kleiderhülle in der nach oben gestreckten Hand wieder den Raum.

Eine Kleiderhülle, die das Logo seines Ladens trägt. Eine Kleiderhülle, die echte Brautkleider schützt und die Bräute erhalten, wenn sie ihr Kleid abholen.

„Ist das wirklich ein Kleid von dir?", frage ich ihn zweifelnd und doch aufgeregt. Wenn das hier eines seiner Kleider ist, wenn das hier *wirklich* eine seiner Kreationen ist, dann müssen wir diese Farce sofort beenden. Ich darf nicht eines seiner perfekten Kleider mit schlechten Erinnerungen an einen chaotischen Tag besudeln.

„Das ist nicht irgendein Kleid", sagt er und hängt das Kleid an der Tür des Kleiderschrankes ein, öffnet langsam und vorsichtig den Reißverschluss von oben nach unten, bevor er das Seidenpapier zurückschlägt, das zwischen der Vorderseite der Hülle und dem Kleid immer eingelegt wird, um das Kleid zu schützen. „Das ist dein Kleid."

„Mach die Augen auf", bittet mich Ella und legt mir ihren Arm um die Taille. Ich habe nicht einmal gemerkt, dass ich die Augen geschlossen habe.

Mein Blick findet das Kleid sofort, als würde er magnetisch angezogen.

Ich habe Angst, dass sich dieser Tag wirklich als Traum herausstellt. Dies darf kein Traum sein, bitte nicht.

Vor mir hängt *mein* Kleid. Das Kleid, das ich vor Monaten ruiniert habe. Das Kleid, in dem Sascha mich aus der Wanne geholt hat. Das Kleid, das mich dazu gebracht hat, ihm meine Liebe zu gestehen.

Die weiße, marokkanische Seide sieht aus, als wäre sie niemals mit Johannisbeersaft oder Badeöl in Berührung gekommen. Als hätte ich nie mein Make-up und Paprikapulver darauf verteilt. Die Spitze strahlt mich an, als hätte ich sie niemals über ihr Maß hinaus gedehnt. Als hätte ich nie versucht, mich in ein zu kleines Kleid zu quetschen.

„Nicht weinen", ermahnt mich Mona ernst. „Das Make-up ist nur bedingt wasserfest."

„Onkel Yasin, wie kann das sein?", frage ich und strecke vorsichtig meine Hand zu dem Kleid aus.

„Nachdem du mir das Kleid wiedergebracht hast, konnte ich es nicht wegwerfen, es ging einfach nicht. Es war immer schon dein Kleid und sollte es auch bleiben. Ich habe es ins Lager gehangen und immer gehofft, dass du es eines Tages tragen wirst. Fast hätte ich nicht mehr dran geglaubt, und dann stand Sascha eines Morgens im Laden und hat gefragt, was er tun muss, damit ich das Kleid repariere und du es bei eurer Hochzeit tragen kannst."

„Er hat *was* getan?" Ich bin geschockt. Bisher bin ich davon ausgegangen, dass mein Onkel sich diesen Tag ausgedacht hat, um Sascha Feuer unterm Hintern zu machen. Niemals hätte ich erwartet, dass dieser zu meinem Onkel geht, um nach dem Kleid zu fragen.

„Ich hätte mir ja eher gewünscht, dass er mich ganz altmodisch um deine Hand bittet, aber nun ja, man kann nicht alles haben", beschwert er sich und ich bin sprachlos, weiß nicht, was ich sagen soll.

„Also, bekommen wir dich jetzt in das Kleid?" Ella hält mich immer noch fest, drückt mich leicht.

Im ersten Moment bin ich unsicher, sehe zwischen dem Kleid, meiner Familie und meinen Freunden hin und her.

Und dann weiß ich, was ich zu tun habe.

Das kann er nicht bringen, so kann er nicht mit mir umgehen.

„Ja, wir bekommen mich in das Kleid."
Ich spreche laut und deutlich, damit mich
auch alle im Raum verstehen und vor
allem mir selbst klar wird, was ich gleich
tun werde. „Und dann trete ich Sascha in
den Hintern dafür, dass er das hier ver-
bockt hat. Ich werde ihn ganz bestimmt
nicht heiraten, wenn er nicht das Rück-
grat hat, mich endlich zu fragen, ob ich
überhaupt seine Frau werden will."

Muss ich erwähnen, dass das Kleid
diesmal wie angegossen sitzt? Es ist perfekt, Onkel Yasin hat am Rücken eine
Schnürung eingearbeitet und jetzt sitzt
das Kleid wie angegossen. Selbst der
Saum ist weder zu lang, noch zu kurz. Mit
den passenden Schuhen, die Onkel Yasin
natürlich gleich mitliefert, ist es perfekt.
Als hätte er Maß genommen und es für
mich geändert.

Und das Beste daran?

Ich trage nicht einfach ein Brautkleid
und dieses Brautkleid macht aus mir nicht
einfach nur eine Braut.

Es macht aus mir eine Braut, die bereit
ist, für sich selbst einzustehen.

Jawohl.

„Du bist bereit." Meine Tante lächelt
mich stolz an. „Jetzt bist du, was alle
immer in dir gesehen habe. Geh und lies

ihm die Leviten, mach es ihm ja nicht zu einfach."

Sie zwinkert mir zu und ich muss erleichtert auflachen. Niemand weiß so gut wie sie, welche Gedanken mich gerade umtreiben.

Epilog – Sascha

21. September 2019

Ich war noch nie so nervös wie heute. Noch nie. Vielleicht, weil ich nicht weiß, wie mein Leben weitergehen soll, wenn der heutige Tag nicht so läuft, wie ich ihn geplant habe.

Oder besser: wie wir ihn geplant haben, denn ich war nicht allein. Zum Glück nicht, ich weiß nicht, ob ich das alles allein auf die Beine hätte stellen können.

Ich würde gern sagen, dass ich immer wusste, dass ich Laura eines Tages heiraten werde, aber das wäre gelogen.

Nicht gelogen ist jedoch, dass ich verliebt war, kaum, dass sie damals die Küche im *Viper* betreten hat, um sich mir vorzustellen. Ich war sofort fasziniert und hingerissen von ihr.

Gewusst, dass ich sie liebe, habe ich, als sie nach dem Horrorfilm in meinem Arm eingeschlafen ist. Keine Chance, sie in der Nacht allein zu lassen, wo ich doch wusste, dass sie Angst hat. Ich bereue noch heute, dass ich am nächsten Morgen abreisen musste, aber meine Mutter wartete auf mich.

Es war hart zu sehen, wie sie sich nicht aus sich herausgetraut hat, wie sie ihr Licht nicht hat scheinen lassen, seit ihr Ex sie so sehr verletzt hat. So oft hätte ich sie am liebsten geschüttelt, damit sie zu sich kommt und endlich einen Schritt in die richtige Richtung macht, einen einzigen nur. Auch wenn dieser Schritt sie von mir weggebracht hätte, es wäre besser als nichts gewesen.

Aber nichts.

Ich habe nicht gelogen, als ich ihrem Onkel sagte, dass ich sie heirate, sobald ich sicher bin, dass sie ja sagt. Was ich ihm erst draußen sagte, war, dass ich nicht einfach nur wollte, dass sie ein Wort sprach, sondern dass sie sich selbst gefunden hatte und mich dann immer noch wollte.

Ich wollte nicht die Laura, die damals am Tisch saß. Ich wollte die Laura, die durch ihre frechen und nachdrücklichen Antworten immer wieder durchschimmerte. Ich wollte die Laura, die sicher wusste, was sie wollte und die bereit war, das für sich einzufordern.

Nicht die Laura, die einfach nur zustimmte oder noch schlimmer, sich gar nicht erst traute, etwas für sich selbst zu tun oder sich etwas nur für sich zu wünschen. Diese Laura bereitete mir Herzschmerzen.

Es war nicht leicht, sie in dem Brautkleid zu sehen. Zu sehen, wie zerbrochen sie wirklich war.

Aber ich bin so unglaublich erleichtert, dass sie mir den Blick hinter all ihre Mauern auf den Scherbenhaufen gewährt hat. Dass ich sehen durfte, dass sie eben noch nicht wieder geheilt ist, auch wenn es so aussah. Zu erkennen, dass sie vor allem einem Menschen verzeihen musste: sich selbst.

Es war hart, zu hören, dass sie mich liebt und zu wissen, dass zu dem Zeitpunkt nichts aus uns werden konnte. Laura musste sich erst selbst heilen, damit ich mir sicher sein konnte, dass sie mich wollte und nicht einfach nur jemanden, der bei ihr war und ihr Sicherheit versprach. Denn sie hätte immer an mir gezweifelt, wäre sie nicht sicher gewesen, genug zu sein.

Und bei Gott, diese Frau ist genug. Sie ist mehr als genug. Sie ist alles, was ich will.

Also stand ich ein paar Tage nach dem Brautkleiddebakel bei ihrem Onkel im Laden und habe ihn gefragt, ob er ihr Traumkleid retten kann.

Yasin hat es mir nicht einfach gemacht, aber wie ich hat er nur einen Wunsch. Wir beide wollen Laura glücklich sehen. Ich natürlich am liebsten an meiner Seite, ihm ist das ziemlich egal. Wobei ich glaube, dass ich schon ein paar Sympathiepunkte gesammelt habe. Doch ganz sicher bin ich mir nicht, Yasin lässt sich nicht in die Karten blicken.

Er hat mir dabei geholfen, den Tag heute zu organisieren. Ich mag zwar wissen, wie in Deutschland klassischerweise geheiratet wird, aber eine türkische Hochzeit geht weit über meinen Horizont hinaus.

Ehrlich gesagt habe ich nicht einmal den deutschen Teil allein hinbekommen.

Ich brauchte Alex, um einen Standesbeamten zu finden, der bereit ist, heute hier zu sein.

Und Viper sagte, er würde seine Schwiegermutter anrufen. Er wollte mir nicht sagen, was sie damit zu tun hat, aber nachdem Alex und er lachten und ich hier einen Pfarrer gesehen habe, den ich nicht kenne, kann ich es mir langsam denken.

Aber all die Erinnerungen helfen nicht, mich zu beruhigen. Dass Alex und Viper mir beide versichert haben, dass Laura herkommen wird, hat auch nicht geholfen.

Ich sehe nur einen Raum. Eine Bar voller Menschen, von denen ich nicht einmal die Hälfte kenne und befürchte schon, mich gleich vor ihnen bis auf die Knochen zu blamieren.

„Sie sind gleich da", sagt Alex da und steckt sein Handy wieder in die Tasche.

Ich glaube, keine Luft mehr zu bekommen, und greife nach meiner Fliege, um sie zu lockern, doch meine Mutter schreitet ein und richtet sie wieder.

„Lass das, deine Braut ist gleich hier und du kannst nicht wie der letzte Schlumpf aussehen."

„Ja, Mama", stimme ich ihr zu und hole zitternd Luft. „Meinst du, sie sagt ja?"

„Hast du sie denn gefragt?", wirft Viper ein und ich erstarre.

„Scheiße."

„Sascha!", weist mich meine Mutter zurecht, aber ich reagiere nicht.

„Sie kommt doch, oder?", richte ich mich an Viper.

„Ja, sie kommt. Aber laut Ella ist sie weniger auf dem Brautpfad, als mehr auf dem Kriegspfad. Irgendwas von wegen du hättest sie nie gefragt, ob sie dich heiraten will. Also, das haben ja selbst wir zwei besser hinbekommen." Er zeigt auf Alex und sich.

Stöhnend lege ich den Kopf in den Nacken. Ich erinnere mich daran, wie Laura mich angeschnauzt hat, ich solle sie doch endlich fragen, ob sie mich heiraten will, als sie damals die Scheidung von mir wollte. Wie konnte ich nur vergessen, dass ihr das so wichtig ist? Nicht, dass es anderen Menschen nicht wichtig wäre, sonst gäbe es keine Hochzeiten. Aber, verdammt. Eigentlich ist es doch logisch, dass jemand fragen muss, damit die andere Person Ja sagen kann. Wie gut, dass mir das jetzt einfällt.

Ich höre nicht, wie die Tür aufgeht, aber ich bemerke die sich verändernde Stimmung. Die Gäste werden auf ihren Plätzen ruhiger, schauen zur Tür.

Was ich höre, ist eine schimpfende Laura, und auch wenn ich ihre Worte nicht verstehe, höre ich definitiv die Wut in ihrem Tonfall. Das ist nicht gut.

Also tue ich das Einzige, das mir einfällt.

Ich klettere auf die Theke der Bar, richte mich in Richtung Tür, halte mir die Augen zu und rufe laut quer durch den Raum: „Laura Öztürk, ich bin ein hinterwäldlerischer Idiot, aber ich bin der Idiot, der dich über alles liebt. Ich bin der Idiot, der dich die letzten Wochen nicht genug beachtet hat, weil ich vor lauter Stress um die Hochzeit nicht wusste, wie ich mit dir reden soll, ohne dich anzuflehen, mich zu heiraten. Ich bin der Idiot, der all unsere Freunde und Familie eingeladen hat und erst jetzt auf die Idee kommt, dich zu fragen, ob …"

Weiter komme ich nicht, da unterbricht sie mich laut.

„Mach verflixt nochmal die Augen auf und steig von dieser Bar runter!"

„Aber dann sehe ich dein Brautkleid", versuche ich es mit dem alten Aberglauben, was sie jedoch wenig beeindruckt.

„Wäre ja nicht das erste Mal, dass du mich in einem Brautkleid siehst", schnaubt sie. „Außerdem weigere ich mich, weiter mit dir zu reden, wenn du da oben stehst und mich so weit überragst. Komm gefälligst runter!"

Ich grinse vor mich hin. Das ist die Laura, die ich liebe. Das ist die Frau, die ich heiraten will.

Wenn sie mich denn auch will.

Also klettere ich von der Bar, verspreche Viper, sie später zu polieren, der aber nur abwinkt. Ich drehe mich um und sehe direkt einer wütenden Laura ins Gesicht.

Die jedoch im nächsten Moment an mir vorbeischaut und erst geschockt, dann verletzt aussieht und einen Schritt zurücktritt.

„Das war eine blöde Idee", murmelt sie und ist im Begriff, sich umzudrehen, als meine Mutter neben mir auftaucht und nach Laura greift.

„Ich bin seine Mutter", sagt sie laut und Laura bleibt stehen, sieht zweifelnd zwischen uns hin und her, wirkt aber immer noch, als würde sie am liebsten die Beine in die Hand nehmen und flüchten. „Er hat mir in der Nacht damals sein Zimmer überlassen und er selbst schlief auf der Couch, als du mich gesehen hast. Ich kam früher als geplant nach Hamburg und er hatte keine Chance, dir Bescheid zu geben. Noch dazu sollte es ja eh eine Überraschung sein, wie alles hier." Sie zeigt einmal quer durch den Raum und Laura folgt der Bewegung mit ihrem Blick, scheint erst jetzt zu registrieren, wie voll das *Viper* ist.

„Aber Sie sehen so jung aus", sagt Laura schließlich und klingt immer noch nicht vollends überzeugt. Ich habe keine Ahnung, was hier los ist, aber so langsam habe ich einen Verdacht, warum Laura seit einer Woche nicht mehr zu Hause war, keine meiner Nachrichten und keinen Anruf beantwortet hat. Hätte ihr Onkel mich nicht informiert, dass sie bei ihm ist, ich hätte jeden Stein in der Stadt auf der Suche nach ihr umgedreht.

„Ich war sechzehn, als ich ihn bekommen habe", antwortet meine Mutter und lächelt Laura an. „Und nenn mich Jelena, bitte."

Laura antwortet mit einem unsicheren, verhaltenen Lächeln und richtet ihren Blick dann wieder auf mich.

„Du hast es also nicht für nötig befunden, mir deine Mutter mal vorher vorzustellen, bevor sie morgens in deinem Shirt aus deinem Zimmer kommt? Und warum zum Teufel hast du auf der Couch geschlafen?"

„Ich bin eingeschlafen, ich wollte da nicht die ganze Nacht schlafen", beteuere ich, aber Laura schüttelt nur enttäuscht den Kopf.

„Du bist ein Idiot", wirft sie mir schließlich an den Kopf.

„Das wissen wir ja schon", stimme ich zu. „Und bevor wir jetzt wieder unterbrochen werden..." Ich lasse mich vor ihr auf ein Knie sinken, greife nach ihrer Hand, die sie mir zum Glück reicht, und stelle die Frage aller Fragen. „Laura Öztürk, willst du mir die Ehre erweisen und mich zu deinem Idioten machen? Unser Leben lang?"

Sie grinst mich an und ich rechne mit vielem, aber nicht mit einer Gegenfrage.

„Und wo ist mein Ring?"

Ich zucke zusammen, als Onkel Yasin lacht. „Kluges Kind", höre ich ihn sagen.

Im nächsten Moment reicht mir Alex die Ringschachtel und ich halte ihr den Ring hin.

„Ich gebe dir einen Ring, ich gebe dir mein Herz, ich gebe dir mein Leben. Du musst nur ja sagen. Willst du mit mir gemeinsam auf einem Kopfkissen alt werden?"

Es ist, als würde der Raum die Luft anhalten. Ich kann meinen eigenen Herzschlag nicht mehr spüren, halte ebenso den Atem an.

Bis Laura tief Luft holt, mich fest ansieht und ich glaube, in tausend Stücke zu zerspringen.

„Ja."

Ich bemerke kaum, wie alle um uns herum in Jubel ausbrechen. Ich stecke ihr den Ring an den Finger, umarme sie fest und küsse sie. Zum ersten Mal so richtig.

Irgendwann werden wir von einem nachhaltigen, weiblichen Räuspern unterbrochen und lösen uns voneinander, drehen uns gemeinsam und glücklich grinsend zu der Person um.

Die leider nicht lächelt, im Gegenteil. Die Dame vor uns sieht uns streng an.

„Guten Tag, ich bin Luise Hansen, und maßgeblich für den Ablauf hier verantwortlich."

Ich habe keine Ahnung, wer diese Person ist, aber Laura scheint es zu wissen, denn sie zuckt an meiner Seite kaum merklich zusammen.

„Hier wird nicht gefeiert, bevor nicht richtig geheiratet wurde. Wir haben hier einen Imam, eine Standesbeamtin und einen Pfarrer. Und jetzt lassen wir doch bitte diese Menschen ihre Arbeit machen."

Die nächsten Stunden rauschen nur so an mir vorbei. Irgendwann ist es so weit, ich darf Laura küssen (diesmal mit Zustimmung aller Anwesenden) und wir eröffnen mit einem Tanz die Feier, werden bald von anderen auf der Tanzfläche begleitet.

Die Musik ist eine wilde Mischung aus aktuellen Popsongs, Klassikern und türkischer Musik, aber die Gäste lieben es und vor allen Dingen scheint es Laura zu gefallen.

Wir sitzen gerade an einem der Tische, gönnen uns eine Pause, naschen von den Köstlichkeiten, die man uns auf Tellern gereicht hat.

„Warum hast du mich das mit dem Kopfkissen gefragt?", wendet sie sich lächelnd an mich.

„Onkel Yasin hat versucht, mir das auf Türkisch beizubringen, aber keine Chance. Doch er sagte, ich muss dich das fragen, sonst darf ich dich nicht heiraten."

Laura grinst und schüttelt den Kopf, als hätte sie es nicht anders erwartet.

„Warum bist du mir direkt nach dem Ja auf den Fuß getreten?", stelle ich die Gegenfrage und sie wirft den Kopf lachend in den Nacken.

„Das ist eine alte Tradition, wer dem anderen zuerst auf den Fuß tritt, hat am Ende in der Ehe die Hosen an."

Jetzt bin ich es, der den Kopf schüttelt.

„Ich hätte wissen müssen, dass sowas kommt. Aber es sei dir gegönnt, wenn du auf so viele andere Traditionen verzichten musstest."

„Es ist okay", antwortet sie und ich

glaube ihr. Sie war glücklich, als sie ihre Mutter entdeckt hat, und ich glaube, das hat auf ihrer Wunschliste für den heutigen Tag ganz weit oben gestanden.

„Ich liebe dich", flüstere ich ihr ins Ohr, auch wenn ich es am liebsten in die ganze Welt hinausschreien würde.

„Ich dich auch." Sie drückt mir einen Kuss auf die Lippen und löst sich direkt wieder von mir.

„Endlich eine Hochzeit, bei der ich nicht erst die Braut überreden musste."

Ich blicke auf und entdecke den Pfarrer vor uns, von dem ich keine Ahnung habe, wo er überhaupt herkommt. Aber Laura scheint mehr über ihn zu wissen.

„Guten Tag, Pfarrer Jahns. Es freut mich, Sie hier zu sehen. Bleiben Sie länger in Hamburg?"

Die beiden unterhalten sich eine Weile und nachdem er sich verabschiedet hat, frage ich sie, wer das war.

„Das ist der Pfarrer, der Mona letztes Jahr zum Ja gedrängt hat, und der auch schon Ella und Viper getraut hat."

„Ich habe ihn nicht wiedererkannt", gebe ich ehrlich zu. „Aber das liegt bestimmt daran, dass ich letztes Jahr nur darauf gewartet habe, mit dir vor dem Altar zu stehen, und zwar nicht als Trauzeugen."

Sie grinst mich an, und so einfach bin ich der glücklichste Mann der Welt.

Endlich.

„Aber euer erstes Kind wird nach mir benannt, ja? Ihr werdet mich nicht so enttäuschen, wie Ella das getan hat", meldet sich Yasin und wir lachen, als Sibel ihm einen Schlag auf den Arm gibt.

„Lass die beiden in Ruhe."

„Na gut, wen verheiraten wir als Nächstes?" Er sieht sich schon suchend im Raum um, doch wieder ist es Sibel, die ihn stoppt.

„Nicht jeder muss verheiratet sein", sagt sie. „Ich hab dich schließlich auch nie geheiratet."

„Moment." Laura setzt sich aufrecht hin und sieht die beiden mit hochgezogenen Augenbrauen an. „Ihr seid nicht verheiratet?"

„Natürlich nicht", antwortet Onkel Yasin. „Wenn wir heiraten, muss sie bei mir bleiben. So weiß ich seit bald vierzig Jahren, dass sie freiwillig bei mir ist."

„Du hast dich nur nie getraut, mich zu fragen." Sibel lacht und Laura stimmt mit ein, bevor sie mich verschlagen angrinst.

„Ich weiß, wessen Hochzeit wir als

Nächstes organisieren."

Sie lächelt glücklich. Zufrieden. Als wäre sie endlich angekommen.

An meiner Seite.

ENDE.

Nachwort

Da ist er – der dritte und finale Teil der Reihe. Einer Reihe, die so nie geplant war.

Geplant war nur das erste Buch. Ich wollte nur „Frag mich morgen nochmal" schreiben. Und dann war das Buch fertig und Mona hat geradezu nach ihrer eigenen Geschichte geschrien.

So ging es mir dann auch mit Laura. Wobei Laura die meiste Arbeit verschlungen hat.

Ihre Geschichte war fertig, ging das erste Mal ins Lektorat – und als die Geschichte zurückkam und ich mit den Überarbeitungen begann, habe ich festgestellt, dass es alles war, aber nicht die Laura, die ich im Kopf hatte. Nicht die Laura, die mir ihre Geschichte hatte erzählen wollen, damit ich sie in die Welt trage.

Also bin ich den schrecklichen Schritt gegangen und habe das Buch beinahe komplett neu geschrieben.

Und was soll ich sagen? Jetzt ist es die Laura, von der ich schreiben wollte, von der ich geschrieben habe, immer und immer weiter. Selbst jetzt, als ich das

Nachwort tippe, fallen mir Dinge ein, die ich noch schreiben könnte. Szenen, die gut zu Laura passen und die ihren Platz verdient hätten.

Aber damit würde dieses Buch, dieses Ende der Reihe nicht mehr in die Reihe passen und das will ich nicht. Es ist jetzt schon länger als die beiden anderen und so stolz ich darauf auch bin, so traurig bin ich, dass es endet.

Was ich aber vor allem bin, ist eines: dankbar. Ich danke dir, dass du mich und meine Figuren begleitet hast. Egal, ob du mit diesem Buch beginnst oder mit diesem endest, ich danke dir.

Ohne Leser wäre das hier nicht möglich. Ohne Leser nutzen Schreiberlinge wie ich nichts.

Also:

DANKE!

Und bis ganz bald,

Deine Anna :)